東岸有約

散文集

蔡益懷 著

目錄

第二輯

天涯共此時

第三輯

醉夢青春

第四輯

邊城歲月

風的形狀——《東岸有約》代序

蔡益懷

你也把自己活成了一棵樹。

樹有很多種，有的是松柏，堅韌挺拔，不畏風雪；有的是垂柳，依依水畔，柔中帶剛；有的矗立荒野，剛硬耐旱……各有各的特質，以及身世與傳奇。你呢，你是一棵什麼樣的樹？

你說不清楚自己是一棵什麼樣的樹，無法為自己命名，因為你幾經移植，在不同的生態環境中生長存活，帶有不同土壤與氣候的基因與特性。

你也曾嘗試自我描述，但發現無法自我歸類與界定。

就像誰也捉不住風、攬不住流水一樣，你無法描述歲月流逝的蹤影，也無法準確無誤地講述一路走來的軌跡。你發現，任何一種自我陳述都是不完整的，乃至是支離破碎的。就像一份履歷，始終是一種經過取捨的表述，並不能真正還原一個人的真實經歷與面貌，任何一種表述都無法真正說清楚自己的故事，更何況人都是善忘的，甚至會有意無意地留存或失憶。

既然任何陳述都是選擇性的，那麼，你該如何認識你自己，如何盡可能真實地講述你的成長故事？

有一天，你在街角的轉角處，看到那棵咬住石牆生長的樹，一下子明白了，你就是那棵樹！

這棵樹並不高大，但長得很特別。長年迎風傲立，承受風雨的吹襲，軀幹已變得彎曲，然而也正是這樣的姿態，突顯了它的堅韌與頑強。蒼翠的枝葉伸向一側，像迎風的長鬃，展現出昂揚不羈的形象。

站在當風的位置，就注定要承受這樣的形塑。

對，形塑。

你不願意用襲擊、摧殘這一類的詞語。因為你相信，迎風而生，任何一種經歷，哪怕痛苦不堪，都能轉化為成長的因子。它長成今天這個形狀，正是種種經歷的塑造所致。你相信，只要是一棵樹，就會有生長的因子，不管落在哪裏，處於怎樣的境地，都會向陽而生、向上而長。

它站在那裏，始終保持着向上的姿態，以至誰也説不清楚它的變化。那天，你看到它的年輪光譜圖，看到那疏密不一的紋理，也讀懂了它的生命歷程。它同樣經歷過移植與流徙，經歷過千磨萬擊。當年的一場風暴，將還是幼苗的它連根拔起，吹到這石牆的縫隙裏，它從此在這裏生根、發芽、成長。隨着時光的流逝，它長成了蔭庇一方的葳蕤大樹。年輪見證了種種經歷：風暴、旱情，當然也有風調雨順的光景。年輪，就是它的成長圖譜。

你的生命年輪不也是這樣的嗎？你的文字中有你的生命密碼，那些殘章斷簡同樣承載着你的成長紋理。於是，你開始整理這些不同時期留下的文字，隨之一道道記憶之門，為你次第開啟。

你的故事始於閩南僑鄉的一座紅磚赤瓦四合院，也始於一趟綠皮火車之旅。你從這些年輪中讀到人生節點的不同畫面。從東海沿海到西南邊陲的那一次千里之行，是你的第一次移植。但那還不是這個成長故事的起點，真正的開篇定格在一九七五年的一個冬日，那是個尋常又不平常的日子。

那一天開啟了父親缺席的歲月，從此，你告別了童年，告別了無憂無慮的時光。一夜成長的結果是，你被拋進波濤洶湧的大江大海。就像那個年輪中最密集的圓圈標記最暴烈的風雨一樣，這道紋路連接着你最刻骨銘心的記憶。

都說，一道門關上，另一道門就會開啟。當一道無形的牆將你與社會隔離開來，你學會了獨處，也找到了自己的角落。記憶中，你最感舒心的地方，就是一街之隔的文化館圖書室。那個年代，似乎讀書的人不多，而這裏就理所當然成為你的庇佑之所。大概是看到你天天在這裏留連，那個管理員漸漸讓你進入他的櫃位，幫他整理書籍，同時也給你一點小小的特權，讓你自己選一兩書帶回家去讀。你印象最深刻的書，莫過於高爾基的「自傳三部曲」：《童年》、《在人間》、《我的大學》。這是一套令你愛不釋手的書，因為你從小主人公阿廖沙的身上看到了自己，也從他的外祖母聯想到曾伴你渡過童年歲月的外婆，那個遠在千山萬水之外的親人。高爾基的書，讓你學會了正視苦難，同時也得到了無比強大的文學慰藉。

家庭的環境容不得你像其他少年那樣縱情玩樂，每到寒暑假你就會出去打零工。你去過建築工地挖土方，去過果園挖蘋果窩，去過食堂打雜，去過公路道班做小工。生活將你交給了生活，讓你過早失去了不識愁滋味的少年歲月，直接跨進成人的世界。勞作對你來説，從來不是苦差，相反讓你釋放出青春期的能量，也享受到不足為外人道的滿足感。真正讓你無法滿足的欲求是精神的貪婪，而這種渴求最終都轉化為對閱讀的飢不擇食。那是在道班上做工的暑期，一群年齡相若的少年，擠在一間大閣樓裏，打地鋪而宿。你是當中最小的一個，屬於虛報年齡擠進去的小工，工錢自然也是最低的，每天八角錢。一群精力旺盛的年輕人，工餘除了去森林摘蘑菇，就是談天説地擺龍門陣。你最喜歡的還是閱讀，幾乎將同伴帶來的書讀了個遍，而讀得最入迷的是一本中國民間故事集。這是一本被攔腰切斷的書，已被翻閱得如同椰菜花，閱讀時需逐頁上下對接，不然會跳頁，銜接不上。那時候，民間流布的書籍中，有不少是從「破四舊」的灰燼中搶出來的殘餘。歷經劫難的遺物更彌足珍貴，這本被人偷偷收藏下來的故事書也是最搶手的，大家都愛看。你被其中的一個故事深深吸引，小木匠與閣樓少女相戀，受到阻撓，於是造出木鳥搭救美人，雙飛雙宿。這個故事滿足了你對愛情的朦朧想像，也在你心中種下了一個幻夢。

當書籍成了你最好的友伴，閱讀成了你最佳的出口，你就會習慣獨行，不因形單影隻而懼。那時候，文化館闢有閱報亭，張貼着當日的報紙，從《人民日報》、《光明日報》、《參考消息》到《文滙報》，林林總總。你每天都會到這裏閱讀，消磨一二時辰，不到暮晚不回家。在這裏，你讀到了徐遲的〈哥德巴赫猜想〉，也讀到了盧新華的〈傷痕〉，這兩篇文章都給了你極大的震撼。由此，一扇新的文學窗口洞開，你開始進入一個廣闊的文學世界，馬克．吐溫的《哈克貝利．費恩歷險記》、傑克．倫敦的《熱愛生命》、契訶夫的《萬卡》等，至今深植在你的記憶中。

除了讀書，你也在讀人。在道班打工的時候，你目睹了一個中年男人的遭遇。那是一個週末，道班召集所有人員開會，連一群暑期工也得參加。會上先是讀報紙社論，講國際國內形勢，隨後就是批判。一位平素和大家有說有笑的男人，被點名站在主席台前，面對眾人低頭接受群眾的批判，並自我交代罪過。你不明白一個平時跟大夥有說有笑的人，怎麼突然就成了階級敵人。這是一個有很多故事的人，暑期工們都愛聽他講笑話。直到會議結束，你都不太知道他被批鬥是為什麼。之後的日子，他也一樣和大家一起出工，一樣有很多故事和笑話分享。在你的印象中，他不屬於那片原野，而是一隻被困的雲鵬。兩年後，你偶然在城裏遇到道班上的人，問到他的情況，才知道他得到平反，但在搭車離開道班的當天因車禍而亡故。他終究沒能飛出那片荒野。

在你的記憶中，另一個抹不去的形象是一位長者。他是大院守門人，獨居在大門旁邊的一間小屋。這也是你少年時代的一個去處，你時常坐在那長年不熄的火塘邊，看老人打酥油茶，伴着牆壁上老式掛鐘的嘀噠，聽他叨絮幾百年前「毛子之亂」「獻忠屠蜀」、「湖廣填四川」的野史軼聞。老人嗜酒，常常醉眼迷濛。大院的門口從來不寧靜，外牆常貼滿標語口號大字報，也時有遊行的隊伍在前面經過。老人像慣看春風秋月的白髮漁樵，從不理會外面的事，但要是誰半夜攀爬鐵柵，必第一時間走出小屋厲聲怒斥。

在你眼裏，他們也都是別具姿態的樹。

當你開始自己的創作生涯，那段歲月的種種記憶也自然而然化於筆端。有很長一段時期，你迷醉於唯美的文字，喜讀何其芳《畫夢錄》、戴望舒《雨巷》之類的詩文。你一直在尋找一種言說的形式，在嘗試用不同的敘述語調講故事，於是有了一批以文為詩的文字。你以象徵、意象的詩化方式，抒發憂鬱、孤獨的感傷情懷，也表現內在的情與欲。

香江歲月之於你是另一個人生階段。這是一次連根拔起的移植，你完全脫離過去的生活土壤，且經歷了一場脫胎換骨的洗禮。

掙扎求活的日子，太多不足為外人道的經歷，其中滋味甘苦自知。像高爾基的書寫一樣，苦難與詩意共生，你也總是能在讓人喘不氣來的勞碌中聽到歌聲。剛定居此城的頭幾年，你像一個沒日沒夜工作的機器人，在鰂魚涌的出版社下了班，隨即搭上幾毫子的電車趕往灣仔的雜誌社做兼職。別人都下班了，只有你一人留在空蕩蕩的編輯部，拼版、做校對。這時，你會打開收音機，讓聲音作伴。一天，台灣導演侯孝賢在電台節目中做嘉賓，介紹沈從文的自傳，講述他自己如何深受感動與影響。他欣賞書中那種不誇大的敘述，並說那種悲傷完全是陽光底下的感覺，沒有波動，好像以俯視的眼光看世界，「在變動的大時代裏，劇烈的生離死別，卻像河水湯湯而流。」聽完導演的推介，你也急急找來沈從文的書追讀。「我讀一本小書同時又讀一本大書」，固然是沈從文的故事，卻又何嘗不是你的故事？除了沈從文，你讀得入迷的還有白先勇、黃春明，當然少不了侯孝賢的電影《兒子的大玩偶》、《悲情城市》。你的文學之路，也因此發生轉折。

棲息於此，轉眼近四十年，又是怎樣一種生存的軌跡？

在北角碼頭，放工時間，由觀塘開過來的渡輪靠岸，魚貫而出的都是工廠女工。母親是其中的一員，她遠遠的看見了你，向你招手。你們約好了放工時間在碼頭相會，然後一齊去春秧街買餸。你們來到一個豆腐檔，母親說，這是你弟弟的同學家開的檔鋪，他們就憑賣豆腐發家，人家住在和富中心的千呎豪宅。

你相信，這是一個催人奮發的地方，只要肯拼肯捱都有出頭天，雖然你志不在發財，也不以財富的多少來論成敗。你有你的目標和方向，縱使在捉襟見肘的日子，也沒有動搖過。你選擇了從文的道路，甘願過一種簡單的生活。那時候，住家的樓下有一間「創作書屋」，那幾乎成了你的聖地，一有空閒就到這裏看書。書屋有一個閣子間，存放的都是廉價或老舊的書。對於囊中羞澀的你來說，這裏成了你最佳的去處。不用花費分文，就坐擁書城，夫復何求？大概是你在這裏呆得太久，令店主人心生疑惑，有時候他會爬上樓梯，露出一個頭，看到你安住在書堆中，他又靜靜退了下去。後來，書屋結業了，你失落了好久好久。

……

你就這樣在此城生存了下來，也紮下根，活成了一棵石牆樹。

這個大熔爐一般的都市，將你重新冶煉、鑄造了一次，讓你的筋骨更加的結實，也讓你擺脱了文藝青年式的感傷。你常常感念此城給了你一張安穩的書桌，讓你安於寂寞、不浮不躁地在自己的園地裏耕耘。由少年而青年，由青年而中年，你的心愈來愈平靜，愈來愈有定力，愈來愈清楚自己想要的是什麼。而你的筆調也益趨內斂節制，力求貼近生命的本質，在平實中見真意。你只求像那個傳説中的小木匠一樣，以你的手藝做一隻會飛的鳥，渡己渡人，飛向心中的樂土。

精神有了指歸、意志有了錨定，也就有了別樣的生命紋路。

而今，再回頭審視這人生的年輪，可堪告慰的是，你活成了一棵無名的樹，兀然獨立，不依附不攀緣也不張揚。儘管備嘗艱辛與憂患，始終紮根生活的土壤，向陽而生，向上而長。你的文字也都由此而生，與苦難同根，在逆境中綻放，見證你的經歷，也見證你的情與慾。你書寫、你存在，獨奉己名。

生活的風雨塑造了你，而你的姿影也留下了風的形狀。

二〇二五年四月一日

南山書房

第一輯

與你同在

東岸有約

又一個朋友要遠走他方。雖則東坡有言人生到處知何似，雪泥鴻爪，振翅一飛無復計東西，仍不免有幾分離散的悵惘。此去經年，再見何期，或者從此不見也未可知。

那天她來電說臨行前聚聚，我說好，來東岸吧。

這些年，彼此都活得風輕雲淡，少了很多餞別酬酢的俗套。我們就在附近的茶餐廳來了個下午茶，我是例行的熱奶茶，她永遠是一份熱騰騰的菠蘿油。簡簡單單的餐聚，大家都不累。或許就是這份默契，埋單不用搶，好多事也都不需要刻意而為，更不用解釋。

她這些年搬去大埔，鄉居野處，出市區的時候少了。說來我們轉眼也有三五年沒見了。

她說，這邊變了好多。

可不是，物是人非，好多東西都在變。我說沒來過東岸吧？

她說在網絡上看過照片，此城的打卡新熱點，好多人都在自己的社交賬號上曬小巨蛋的照片。

我們沿屈臣道直走，穿過東廊橋底，維港的三百六十度無敵海景豁然洞開，造型別致的蛋形建築就在眼前。

她說，是一個好地方。

我說，今天的天色不太好，有些煙霞。

她說已經足夠，我們不是為風景而來。

我們在海堤上坐下，沐風看海，聽海浪拍岸，看維港灣畔的高樓。

她凝望西向一覽無遺的海天，中區、西九、汲水門海峽，以至更渺遠的地方，都在那一邊，似有所思。

說來，跟她相遇只是一個偶然，而跟她相知卻是一種必然。文學結的緣。

早年，在出版社謀事，收入微薄，不得不到雜誌社做兼職。我通常是在別人下班後，才到編輯部做一些校稿、拼版，以及撰稿的活，平時跟做白班的人幾乎沒有交集。一天，我提早到編輯部，是因為剛在《人民文學》發表了一篇小說，有一種抑制不住的興奮想跟同道分享。那天，是我們第一次見，她坐在編輯部進門的當眼位置，顯然也是做兼職的。我把雜誌亮出來，大家哇聲四起，不過興奮度也就那麼一下，瞬即退潮。倒是她饒有興致地把雜誌拿了過去，從頭到尾讀了一遍。她有沒有什麼評價，忘了，也不重要，重要的是我們從此相識，有了共同的話題。後來我讀到她的第一本書，知道她走的是不同的文路。各有趣旨，並不妨礙我們的交流。我們明明在不同的時間到編輯部兼職，但見面的時候反而多起來。我們會在交接班的時候，閒聊一陣。

雜誌社位處灣仔的一座商住大廈，編輯部窄窄的窗口正對着紅磚構築的循道公會禮拜堂，來往的電車間歇叮叮而過。晚上，通常只有我自己一人，整個編輯部格外的靜寂。我會開着收音機聽廣播，一則排解孤寂，二則當練習粵語聽力。那年頭，越南船民還是困擾香港的社會問題，收音機裏不時會傳出「不漏洞拉」的廣播，用越南話向船民講述甄別政策。聽多了，似乎也會牽動人的神思，想到漂流怒海的畫面，以及他們的流徙人生，乃至我自己的祖輩漂洋過海到南洋的軌跡。

離散，莫非是人間常態？

一天，她提到唐君毅的《說中華民族之花果飄零》，又跟我講起她當年到土瓜灣拜訪錢穆的事。她說，沒有想到一個碩學鴻儒住的是唐樓陋室，窗戶都是老式的鐵窗櫺，說着她指向對着教堂的窗口。她說，他們那一代人就是那樣生活的，清貧自持，甘之若飴。後來我也讀了唐君毅的那本書，對他們流徙到港後的生活終於有了更多的了解。唐君毅說新亞書院草創時，他和錢穆有時留宿學校宿舍，睡在上格床上，夢中也在呼叫「天啊！天啊！」由於經濟緊絀，他們還需要到處兼課、投稿。這樣的描述印證了她的說法，也深印我心。那一代人歎「花果飄零」、「隨風吹散」，卻也發出「靈根自植」的呼聲。此時耳際仍回蕩着這樣的聲音：無論其飄零何處，亦皆能自植靈根……共有朝一日風雲際會時……使中國人之人文世界花繁葉茂……

我們就是在讀着他們的書，聽着他們的聲音中走過來的，有共同的磁場，縱使相顧不言，聲息亦相應。

大概是趣味相投吧，我們總喜歡走在一起，總有很多話題。灣仔時期是這樣一段歲月的見證，一種篳路藍縷的歷程。那時候流行一句話，想讓人破產，就讓他去辦雜誌。果然偏偏就有這樣一些人，前仆後繼投身其中，不計得失。記得雜誌斷了財路，老總硬是賣了自住的樓，苦苦支撐，唉，好一個癡人。如果不是這樣的癡，也不會有這樣一班人走在一起。

那是我們的時代，也是我們的黃金歲月。她說，一個不懂憂愁、也來不及傷懷的人生階段。

想不到，一轉眼我們也活到了緬懷過往的年歲。如果懷舊是一種病，那就任由它不定期發作吧。

我們的生命軌道交匯在那個時節，之後便動如參商再難重疊。這沒有拉遠彼此的距離，也無損我們的友情。這些年來，大家遙相守望，就像兩顆相互凝視的星，不需要刻意張望，都知道對方的位置與動向。在報刊上讀到她的文字，如同見到人，她的溫婉個性與她的黑白分明。偶爾在聚會中不期而遇，也總是瞬即接上話題，好像從來沒有遠離。

在這樣一個城市，能夠遇上一個這樣的你，我已滿足，別無奢求。我一直相信，有你在的地方，就是我的心安之處，因為我知道你就在不遠處，見與不見，都沒什麼關係。而今，你真的抽身告退，怎不讓我悵然若失，且自問從此吾誰與歸？

她說，你現在跟年輕人在一起不是很好嗎。

是的，就像當年的我們，字典裏沒有顧慮二字，也不會跟社會脫節。他們剛教會我用ChatGPT。

她說，我看見了，你們現在都約在東岸。

我笑說，是啊，以前學生問功課談論文，都約在中央圖書館的樓下咖啡座，現在都知道來這裏找我了。

多時未見，你還是你，不愧是媒體人出身，什麼都逃不過你的法眼。

她說，你現在多了一顆古人的心。

我說，或許吧。受錢穆他們的文字熏染多了，也摸到一種人文傳統的脈相。現在，跟東坡、陶潛在一起的時間，多過見同城中人。

她也笑了。她笑起來還是那樣好看，縱然歲月留痕，依然不減那一份溫婉的嫻靜。

我說，要不要在這裏留個影。

她望向小巨蛋說也好。

我將她帶到欄杆邊，迎着西沉的落日，以小巨蛋為背景，連拍好幾張。

她眯眼看了看畫面，說效果還不錯，薄霧冥冥中熠熠像一顆海上珍珠。

我說，它是有生命的，四時不同姿影，有不同的法相。

我是在一個風雨如晦的日子發現它的傲岸的。那是個霪雨霏霏、陰風怒號的打風天，我獨自一人來到海傍，看濁浪衝擊防波堤的壯觀景象。此時的它兀然立於洶湧的怒濤中，獨立蒼茫，真顯出了一種不屈與傲岸。霎時間，我彷佛看到一個行吟澤畔的詩人。他不是一個人，而是一類人，它就是他們的化身。

我想，這也是我喜歡上這段海堤、這個小巨蛋的緣故。

她說，那以後我也會把這個畫面跟你聯繫在一起。

我說，記住今天的小聚就好。

暮歸的遊艇接連返回避風塘，給人蓮動歸舟的恬然之感。小艇留下的一道道白練，漸漸被海浪抹平，最終歸於無形。

她說，今天是注定看不到夕陽餘暉的壯觀景象了，我也該告辭啦。

好在你不是為看風景而來，我說。

真有你的。她說。

你怎麼走？我問。

她說原路往回走，到炮台山搭地鐵。

我說，何必如此周折，走這邊，幾步就到維園，泳池邊就是307，直上東廊，好快就到大埔。

送她到銅鑼灣消防局前的燈位，她說，我懂得怎麼走了。

我說，不送，珍重，keep in touch。

轉身而回，心想，不是自己的地頭，自然不會這樣熟門熟路。

我一直沒有告訴她，她講的那個一代國學大師蟄居唐樓的情景始終盤桓在我的腦際。多少年來，我似乎都在循着那個身影而行。累的時候，猶豫的時候，糾結的時候，一想到那簡陋的唐樓與那安之若素的長者形象，力量就會回來。他給了我定力。一簞食一瓢飲，回也不改其樂，這大概也是我的選擇。

回眸矗立海堤那頭的小巨蛋，眼前疊映的是一個個傲岸不群的身影。我默然自語，下次有約，還來東岸，你來，不來，我都在。

二〇二三年五月五日

素書樓

一座多麼精緻的小樓啊！

踏進環境清幽、綠意盎然的庭院，面對這座牆身紅白相間的房子，不禁油然生嘆。這就是我心目中的理想棲息之所，有書、有桌椅、有庭院，而後如五柳先生倚南窗以寄傲，園日涉以成趣。

我想，讀書人的心中大概都有這樣一座小樓吧？姑不論是能否成真，只在於是否有夢。

那天，往台北的故宮博物院參觀，車過東吳大學時，偶見路邊一塊指示牌「錢穆故居」赫然在目，於是決定為此行增添一個造訪之所。這次是重訪故宮，所以在欣賞鎮館三寶翠玉白菜、肉形石、毛公鼎及一些明清字畫後，便離開了這座「中華文化寶庫」。我的心裏一直念着錢賓四。

從博物院出來，順着故宮路走來，經過自強隧道口的小橋，沿外雙溪的小徑走一小段，就到了這楓樹夾道、叢竹高挺的庭院。紅色大門上嵌着「素書樓」的木匾。這就是一代國學大師晚年的居庭了。據說，先生為紀念母親的生養之恩，特別以無錫老家堂號「素書」來命名這座小樓。

步入正門，左手邊的房間便是錢穆生前會客、講學的廳堂。陳設依舊，恍若主人猶在。客廳几案上方，一幅蒼勁的對聯，「讀聖賢書」「立修齊志」，橫批「靜神養氣」。沙發這邊的牆角，又是兩塊直匾，「新春舊雨來，小坐話中興」。另一面牆上掛着錢穆手書的陽明先生詩作，「桃源在何許，西峰最深處。不用問漁人，沿溪踏花去。」房間的另一角放置着一張大圓桌，這是先生的餐桌，也是講學的講台。予生也晚，無緣做先生入室弟子，親炙教誨，然看到如此場景，似乎也置身圓桌旁聽師生對話。

賓四先生以史學揚名，為二十世紀中國四大史家之一。常言道文史不分家，人文學者大多文史哲兼修。我也不例外，不過之於國史始終只是略有涉獵，並不怎麼熱中，對諸位史家也只是保持一種尊敬而已，未曾真正用心研讀過他們的史著。我真正重視錢先生的著述，是在讀過他的《人生十論》、《中國文學論叢》之後。走近錢穆，說來也是一種必然。自轉換人生軌道，抗顏為師以來，浸淫傳統文學，為莘莘學子導讀古文經典，由《左傳》、《國策》、《史記》，到唐宋八大家及明清各流派。文心探微，深感千年文脈之正宗，一言以蔽之在骨在神在氣韻。期間，偶讀賓四先生在新亞教授中國文學的講稿，如〈中國文學史概觀〉、〈中國散文〉、〈談詩〉等，發現文心相契，也產生了精神上的共鳴。先生涵蘊深厚，對傳統學問有切己的體察，更重要的是有一種現代士人的氣度。見賢思齊，心嚮往之，也就有了一份景仰之情。

而今，置身這杏林道場，怎能沒有侍坐之幻覺，如沐春風之快意？時光好像回到了五十年代的香港，在深水埗桂林街「新亞書院」的簡陋校舍，先生神采飛揚，正侃侃而談文學之傳統：文運與世運相通，文運不興，即徵世運之衰……有德斯有言，言從德來……他的聲音似乎就迴盪在耳際。

我終於切切實實地走進了這位前賢的廳堂。

上到二樓，來到先生的書房，一個寬敞明亮的空間，窗外松竹相映，室內書卷馨香。闊大的書桌上，有一本翻開的書冊，案頭放着筆架。一邊的茶几上，有一盤剛開局的圍棋，似乎還在等着先生再度落座。另一面牆壁的窗戶兩旁掛着先生墨寶，「水到渠成看道力，崖枯木落見天心」。這是一個讓人精神爽朗的空間，置身其中大可思接千載。此時好像又看到了他的姿態，伏案著述，娓娓道來「作者惟其能上感千古，作品方能下感千古……」；仰天神思，追問的是「世道何寄、人心何託……」，俯仰之間皆道心。他特別看重有真精神的文學創作，認為遊戲筆墨終不可奉為楷模。他推重元劇作家，因為從他們的作品中看到了承傳《詩》、《騷》的精神血脈，從家國興亡中看到了深沉的寄慨。對於膾炙人口的《儒林外史》、《紅樓夢》，他看到的反而是安樂中的垂死之象。我不認同他的所有論說，但欣賞他有獨到之見，不會只是因循舊說，人云亦云。從他的著述中可以看到一位現代儒士的拳拳之心，一種讀書人的心性，以堯舜其君其民為職志。他為文講的是真血脈，處世持的是用則行、捨則藏的態度。念及斯人斯情，怎能不興吾誰與歸之慨？

書房旁邊的一個小房間，展示的是先生的手稿、著作。牆上掛着「人生三步驟」的鏡框，旁邊分別展示出三步驟的內容：生活、行為、歸宿。一九七八年，錢先生應邀到香港大學演講，他以此為題闡述了人之生命發展的三個層次。他說，第一步是「生活」，物質文明，如衣食住行，是生命存在的必需手段或條件；第二步是「行為」，人文精神，具體表現為事業，講的是修身、齊家、治國平天下；第三步是「歸宿」，是德性的追求，完成自我天性，得到安樂，這是最高的人生哲學。這讓我想到豐子愷的「三層樓」，這位同樣深得我心的現代文人，也從三個層次來認識人生，第一層物質生活（衣食）、第二層精神生活（學術文藝）、第三層靈魂生活（宗教）。對安身立命的人生課題有深切感悟與追求的文人，大概都有非同凡人的心志，追求德性的自足，有一種生命的擔當。錢穆一再感念顏回的一簞食、一瓢飲，講人生的有所為有所不為，最終的落腳點都在一個「德」字上，足於己無待於外，要求喜怒哀樂都合於天性。

注重個人精神修為的人，在生活上往往格外簡樸。二樓的另一側是先生與夫人胡美琦的卧房。室內除了兩張床鋪，只有一個五斗櫃和梳妝台，別無其他，清淨雅潔。這又讓我想到他早年在香港的生活。五十年代初，他不忍心看到大批流徙在港的青年失學，與唐君毅、張丕介等學者一道，創辦了新亞書院。學校以發揚中國傳統人文精神為宗旨，上承宋明書院講學形式，師生數十人，同舟共濟，篳路藍縷，苦苦撐持，「新亞精神」由此始。他曾自言，只要覺得有一條路可走，縱使沒有一點把握，也認定這是應當做的事。這樣一段歷程，這樣一種精神，至今為人所津津樂道。從中，我看到的是一個儒者的擔當，一種捨我其誰的踐行精神。有所為有所不為，做必須做的，這不就是儒者的道德精神？

卧房外是樓廊，先生伏案之餘會在這裏踱步，或佇望庭院及遠處的陽明山景。這裏置有兩張藤椅，茶几上放着錢先生的三幾本著作。我坐下來，順手取來一本翻閱，正看到他談文學的精神。先生認為，若無思想意識上的最高共通信念，僅憑個人之權力地位，行霸道而非王道，絕無可能有合於中國傳統觀念的表現，何能妄求立德、立功、立言三不朽？掩卷沉思，聯想到他對杜甫、韓愈、施耐庵、羅貫中的推崇，似乎聽到他在詠嘆杜子美詩句，「千古立忠義，感遇有遺篇」。他欣賞的始終是志切道義、寄寓遙深的真文學，一如他對《水滸傳》的評說，憤悱內蘊，熱血奔放，固一代大著作必具之條件也！

熏染名師之作有年，今得以登其堂入其室，浮思翩然，先生少年的身影也立於目前。那天，他一大清早就跑出學校，直奔一家舊書鋪，人家正在開卸門板，他就側身從門縫溜了進去，問店主人，有《曾文正公家訓》嗎？店主說家訓連家書有好幾冊，他檢出一部買了下來。店主人看他小小年紀就看那樣的正經書，讚賞之餘又留他吃早餐，給他介紹一本又一本的好書。店主人由此成了他早年讀書的引路人之一。都說，一個人兒時讀的書可以影響一生，大概不假。先生生前念念不忘年少時讀曾文正公家訓的情景，自認從中得到的教益浸潤一生。他在躬身力行之外，也以此教導子女、告誡後學。其一生的學術與事功，都植根於傳統文化，體現在一種修齊治平精神上，傳揚的始終是一種士人的精神。

「勁草不為風偃去」，賓四先生為夫人題寫的這句話，正是其儒者人生的最佳寫照。

離開小樓，徜徉庭院，斜照移山影，也到了告別的時候。

驀然有感，我想說其實我也有一座有書有庭院的「素書樓」。它存在於心間，雖然不能棲身，卻能安頓我的靈魂。

二〇二四年三月二十六日

當我們紀念劉老時，在念什麼？

劉老走了。

一覺醒來，打開微信就看到潔茹發來的訊息。沒有文字，而是一幅紀念的poster。接着，各路文友的訊息紛紛出現在朋友圈，也有文友在WhatsApp上問：是真的嗎？

真的。

大家都沒有更多的話。一位百歲文學老人，走完了他的人生路、文學路，遽歸道山，似乎不難想像，也當無遺憾，大家都能承受。

劉老之於香港文壇，近乎神話。據我所知，近期不少文藝界人士都在為劉老的百年人生，作各種紀念活動，祝壽，拍影視片子，出版紀念文集等等。大家都在忙着。老人在大家心目中的地位可想而知。

有一天，我跟潔茹見面，聊起劉老紀念文集的事。她是文集的主編，我自己也對劉老其人其文有過評述，自然也就有稍為「文學」一點的交流。她問我，除了《酒徒》、《對倒》等長篇名作之外，對他的短篇有什麼推介。我說，我會選〈打錯了〉、〈動亂〉、〈迷樓〉，或者短篇版的〈對倒〉。

作家看作家，問的不是名號、地位什麼的，而是作品，以及他的創作門道。我為什麼特別欣賞〈打錯了〉？這要從劉老的整個文學理念與成就來看。劉老是一個現代主義先鋒作家，名副其實。僅從這個創作於一九八三年的極短篇，就可以印證他的先鋒意識和創作路數。這個作品採用反覆敘述的手法，講了一個關乎命運的故事。作品中寫一個背時的「海歸」青年，一直找不到工作，這天接到女友電話，趕赴「利舞台」看電影，結果一出門就遇車禍。小說並沒有結束，作者又重新講了一次故事，這次男孩子因為接了一個電話而耽擱了時間，結果這個「打錯了」的電話救了他的命。他避過了一場車禍。這是一個在技法上別出心裁的作品。後來我看到德國電影《疾走羅拉》（Run Lola Run），在敘事手法上跟《打錯了》有異曲同工之妙，我就想，這不是劉先生玩過的手法嗎？就從這一個小例子，就可以知道劉先生如何的新潮。寫作除了問「寫什麼」，還要思考「怎麼寫」。劉先生在「怎麼寫」方面，是最用心的，也極見功夫，所以他的小說技藝每見推陳出新，走得很前，好像這個作品在形式技巧上就比那部西片早了十幾年。

好了，不說書了，還是說說我眼中的劉老吧。這也是那天我和潔茹聊到的話題。因為我們同坐在《香港文學》的編輯室，同聊着這個雜誌的歷史，以及一路以來的編輯路向與風格。從言談中，我聽出了潔茹的心志，她希望能沿續前輩的路子，在提攜後進方面多盡些力。這讓我想起自己跟劉老的一點交集，於是回憶起一些往事。

那應該是八九十年代之交吧，我還是一個文藝青年。那個年代，劉老已是名滿香江的文壇大家，主編《香港文學》，同時又主持《星島》副刊「大會堂」。也不知是哪裏來的勇氣，有一次我把一篇散文投給了「大會堂」，這完全是沒抱多少期望的嘗試。想不到沒多久，作品見刊了，還配了插畫。這是我見諸香港報刊的第一個作品，而且是經由名編之手刊發的，那種興奮與欣喜可想而知。試想，一個初來乍到的無名小卒，能夠得到一位名編的垂青，該是多大的榮耀與鼓舞？後來，我做了文學編輯，也暗懷同樣的心志，對於來稿只求質素、不問門派，而且心是向着文學新進的，在同等條件下總是想給青年作者多一點機會。大概是出於感激之心吧，也就有了拜謁的念頭。當時我任職的機構在灣仔大公報樓上，所以有一天就趁着午休，摸上位於摩利臣山道的《香港文學》編輯部。劉老對我這位不速之客，全無冷待，相反熱情地引進小小的會客室。當他知道我來自四川時，談興更高。他講起早年在重慶編《掃蕩報》副刊的經歷。我不能忘懷的一個細節是，說到四川的滑竿時，他饒有興致地問，滑竿還有嗎？他的眼睛閃着明亮的光，像一個期待美好承諾的小孩一樣天真。

這就是一個大作家在我記憶中的模樣。沒有名士的派頭，卻有平凡的心性，這就是一個作家最可貴的品質吧？

再後來，我見到劉老的機會就多了，比如在作聯的聚會上，或在其他的文學活動上，一如最初的印象，他就是那樣不顯山不露水，像一個平凡的長者。但他又是那麼的不平凡。如果你知道一點點他的身世，讀過一些他的作品，就會知道，潛隱在那瘦小身軀下的是一個不凡的靈魂。

劉老有一個愛好，逛街，坐電車。有一次，我一走出家門，就在英皇道的油街附近見到他。言談甚歡，劉老說喝杯咖啡吧，於是我們走進旁邊的麗東酒店。一杯咖啡喝了兩三個時辰，該埋單了，我說我來吧，他已經亮出一張五百元的大鈔。哈，長者為大，我就不跟您爭了。還有一次，作聯的一眾理事中午在北角的敦煌茶聚，會後劉老告退。我之後也搭電車到西區辦事，車到無極限廣場時，赫見劉老就在廣場門前的人行道上。我看見他了，他沒有看到我，我們相向而過。

在車上，我想，這就是劉以鬯了，跟他筆下的酒徒、淳于白、丁士甫……何其相似？其實，他們就是他。他們的浪遊，就是他的浪遊。他浪跡在香港的街頭，他的身影就在港九的大街小巷中。

他並沒有離我們而去，只要你打開他的書，就可以見到他的身影。再說，紀念一個作家，最好的方式莫過於閱讀他的作品。朋友，如果你想更多地認識這位不凡的長者，就拿起他的書吧，你也可以在文字中與他相遇、對話。

當大家都在紀念劉老時，我只能說上這麼一些瑣碎的小事。不過我想這已經足夠了，老人家不會怪我的。真正的大師不用鋪天蓋地的美譽，通常也不喜歡太多的繁文縟節。

二〇一八年六月九日

真水無香——我眼中的劉以鬯

人們常說「真水無香」，這確實是很有道理的一句話。我每天清早起床的第一件事，就是沏上一壺清茶，細酌慢品，漱滌身心。在品茗的過程中，也慢慢體悟到這句話的真意。一壺清水本身無色無味，與茶相會，相互浸染，就散發出縷縷清香。

水是這樣，人也是這樣。在一個機構、一個群體中，一個淡泊自持的人，往往就像清水一樣，不刻意表現自己，卻又能發揮凝聚、襯托、增值的化合作用。在我眼中，劉以鬯先生就是這樣的人。

劉老是香港讀者十分熟悉的文學大家，對於他的文學成就，以及生平，都不需要我在這裏多費唇舌了。我自己曾對劉先生的小說作過系統的評述，在一些短文散章中也談過一下我與他相識的經過，本來已經沒有什麼特別的故事可以分享，卻還是覺得有幾句話想說。

我跟劉先生的交情並不深，最多只是讀者與作者、評論者與作家、以及作聯會友的關係。我對他的了解多過他對我的認識，但這不影響我的言說。我跟他相識是緣於投稿，跟他有更多的交集則是由於作品研究，而見面最多的時候則是作聯的聚會，或是其他文學活動的場合。

他是香港作家聯會的創會成員，一直都是這個文學團體的靈魂人物。至於他擔任什麼職務，做了多久，我沒興趣考究，也就不提了。在印象中，劉先生是一位相當沉靜的人，話也不多，從來不唱高調，也不說什麼豪言壯語。作為團體的領軍人物，少不免要拋頭露面，做一點場面上的事。但我發現，他上台致辭，總是兩句起三句止，發言的時間大概不超過一分鐘。這給我留下極深刻的印象。試想，會長嘛通常都是能說會道的，言辭應該極富感染力、鼓動性的，或者盡力表現得煞有介事的，對吧？劉先生卻不一樣，從來沒有什麼會長的派頭，他的發言似乎太簡單了一點，少一點「官威」，如果那也算是「官」的話。後來我漸漸習慣了，也愈加欣賞他的木訥。巧言令色鮮矣仁，作家實在不需要靠一把口來顯示自己的存在。作家是用筆說話的人，能寫就行。

不過，我也漸漸發現，劉老是一個可以很健談的人，在面對文友時，他是可以「雞啄唔斷」的。有一年，我在街頭遇到他，我們一起在油街的麗東酒店喝咖啡，他說起文學、講起往事來更是滔滔不絕。你真別以為他不會說話，他只是「沒對啱人」。

大概就是這些點點滴滴的印象吧，我從來不敢「以貌取人」，判斷他的文學形象。記得，有一次在作聯的一個晚會上，一位寫詩的朋友說，劉以鬯算什麼？我看他的《酒徒》也不外如是，哪裏配得上被譽為大師？我聽完就完了，也沒有回應他。這個世界誰人背後不受非議，別說劉以鬯了，魯迅一樣有人不「鳥」他。我沒有為劉老說話，是因為我在心底裏對他自有判斷。我知道他的好，而且都寫在我的評述中了，大家想知道我對他的評斷，可以找一點我的文章來看看。圖書館有，不難找。

我想說的一句話是，劉以鬯不是一些人想的那樣，文名大於實，或是欠缺領導能力。相反我倒是覺得他活得自信又坦然，根本不在乎外在的毀譽，且不屑於在一個小池子裏與人爭逐。他真真實實地活着，既為稻糧謀而寫「三毫子小說」，又能閉門寫娛樂自己的先鋒實驗小說。在文學創作上，他從來都是清醒的。同樣，在政治方面也是明白人，從來不去趟渾水，也無意向誰靠攏。他不問政治，不是不懂政治，或沒有政治意識。如果你看看他寫於一九四七年的〈北京城的最後一章〉，就不難明白我說的話。他寫出了一個皇帝的恐懼與內心掙扎，於今讀來仍不乏現實的意會，讓你不能不驚異於他的先知先覺。他的政治智慧，可不是那些愚忠愚孝的人可以同日而語的。他不熱衷政治，是因為他看透了社會歷史的變局，以及黨派政治的虛偽面紗。說到這裏，我倒想說一句，在我們今天生活的年代，整天「愛X愛X」的人，其實最危險，非奸即盜，不能不千倍警惕。

我不知道是什麼經歷或變故，讓他有如此心性。我不願意作更多的心理探究，只是在想，一個文學人的最佳狀態就應該像劉老先生這樣，認識政治而又超越政治，冷靜而不迷狂。我想，正是有這樣一種心智，讓他總是能夠保持敏銳的嗅覺，及時捕捉到時局的烽煙。如他的〈動亂〉、〈一九九七〉，都是堪稱典範的作品，以客觀冷靜的手筆，紀錄社會事態、歷史脈搏。他不判斷不下定論，更不求政治正確的表態，貌似不具有一種慷慨激昂的批判力，殊不知正是這種「零度」寫作賦予了作品一種超凡的品質。這也就是他在藝術上不同凡響的表現之一吧？這樣的本領，豈是那些整天把文學當宣傳品、聲嘶力竭叫口號的人所能理解的？

一個有世外心性的人，會把一個文學池塘當回事嗎，又會在乎一些井底之蛙的呱噪嗎？

當然，我對劉老的身世與經歷，還是不免有些好奇。縱使從史料中對他有一點了解，始終還是隔着一層紗，看不真切。倒是有一次的探訪，大大滿足了我的好奇心，也冰釋了心底的一些疑惑。記不得那是哪一年了，一位來自上海喜歡跟文人交朋友的官員，找到作聯，提出要探訪劉老先生。當時的作聯領導大概覺得我跟劉老「有偈傾」，就提議讓我作陪。就這樣我陪着兩位官員到太古城，登門拜訪這位德高望重的老人家。那天，老人家心情似乎不錯，跟這位能夠用吳儂軟語溝通的文官談得也投契，他談到四十年代辦「懷正文化社」的往事，出版社就設在自家的府第，三層的洋樓，接待過徐訏、施蟄存等現代文學名家。言談間，說到他家的物業被沒收，一直沒有歸還。改革開放後，上海陸續退還侵佔的資本家財產物業，老人家似乎也曾為此回上海爭取過，但始終不得要領。官員聽罷，好像也說了幾句讓人受落的話。

如果不是這次探訪，我大概不會太在意劉老先生的家世，倒是這番憶述，讓我對他的生活方式、作派，乃至文學志趣，都有了更清晰的認識和理解，過往一些零碎的想法，或從文友處聽來的傳說，也得到了合符情理的印證。

這樣一位文學人，儘管有着不凡的文學成就，有着非同市井人家的身世，卻表現得那麼低調、內斂，不正是無香真水的又一例證嗎？

在現實生活中，但凡整色整水，裝扮粉飾自己的人，大都是華而不實之輩，只有天生麗質的人能夠以素顏示人，活出淡然本色。劉老先生就是這樣一種人，你說，我能不以他為文學人生的指歸嗎？

老先生沒有參與作聯的活動很多年了，但我可以這樣說，他一直都是作聯的靈魂人物之一。像水浸泡出茶的香味一樣，他的文學精神也感召着此城的一個個寫作人，讓我城的整個文化空間都滿室生香。

二〇一八年六月十日

一杯咖啡的約定

飲杯咖啡？

下次吧，我約你。

這是我和陶然最後的對話。記不得對上一次見面的日子了，可能是作聯開理事會，也可能是另一個活動的相遇。

這些年告別職場，只做一些兼職，說得好聽叫freelance，準確地說是文化散工，這裏教教書，那裏做做講座，好像閒雲野鶴，但又無事忙，抽身不暇。陶然笑笑口調侃道，知你啦，咁多窿路。

路數多說不上，只是成了自食其力的人，就要勤力啲。

明啦，香港哋。

就這樣，我們揚揚手，各自離開。

前陣子，一個課程結束，也忙完一本書稿的校對，正想找個下午約陶然出來喝杯咖啡。孰料，還未付諸行動，就錯失了一次小聚的機會。

這天下午，正在家寫專欄稿，接到梅子電話。我以為他有雜誌的事務相詢，不料，手機那一頭的話音有異，第一句就問，知道發生什麼事了嗎？我頗茫然，回說不知。他說陶然走了，因感冒入院，遽然離世。在錯愕之餘，我倒很快接受了事實，儘管惋惜陶君走得太早太匆忙。

通話結束，我起身告知正在廚房做飯的內子，說陶然去世。她也十分驚訝，連聲慨嘆。我說，正想着約他喝咖啡呢。她說想到的事就該趕快做。可不是？！

斯人已矣，悵惘何及。接下來的日子，總也縈繞着一種若有若無的心緒，自然也會憶及這一路以來的種種交集。

世間的朋友有很多種，有酒肉的，有高山流水的，有淡如水的，我和陶然的交情，跟這些都說不上，也就是一杯咖啡吧，不會太近，也不會太遠。

說來，我們的相識就始於一次下午茶聚，喝咖啡。

那是九四、九五年間的事了。內地著名文學理論家孫紹振教授在港做訪問學者，我跟孫老師有私淑之誼，常去找他，一起遊逛，或探訪故舊。一天，古劍先生約孫老師茶聚，我也叨陪末座，席間還有一位就是陶然。古劍跟孫老師是故交，有同事之誼，談興極濃，海闊天空，好不暢快。我和陶然是初識，也許都有點喜歡做配角的性格吧，倒不生份，頗有些話題。那天我們坐在麗東酒店二樓窗邊的位置，正對着油街政府物料供應處一排紅磚老建築，對那一道刻寫着舊時歲月痕跡的風景，自是有一些感觸與興會，話題也扯到了香港的歷史與古蹟上。後來我每次經過那排紅牆小屋，都會不期然想到這一次雅聚，以及座中人的面孔。光陰如梭，轉眼已是二十四五年。也就是說，我跟陶君的交情也有四分之一個世紀了。

對於天地自然來說，二十五年不算什麼，短如一瞬，但對於一個人來講，卻是一段人生的長途，可以有很多的交匯與鑒照。

那之後，我和陶然有了聯絡。當時，他還在主編作聯的會刊《香港作家》，時有約稿，如我發在「點將台」的一篇〈我認這個命〉，就是應邀而作，那似乎也成了我早年的一篇文學自白。再後來，他主持《香港文學》，約稿電話就更頻了，而且在談完正事之餘總會有一番言不及義的調侃。那個年頭，我在媒體做事，晨昏顛倒，加上埋頭讀書，跟作聯也很疏離，很多年都沒有參加什麼活動。不過，跟他倒是偶有見面，我們會相約在鰂魚涌吉之島對面的一間街角咖啡店消遣一個下午。

後來，我在一張餐盤紙上順手塗雅，寫了幾行散句，題為〈贈陶然〉：

相約在街角咖啡店
一杯咖啡，少糖
三兩句絮語，淡淡
悠悠閒閒坐上一會
東拉西扯就是幾個時辰
老婆來電，回家吃飯
順便買個麵包

帶份報紙
拍拍彼此的後背
説聲再見
就這樣，又一次小聚
如此，又是幾年過去
有一個這樣的朋友
在香港，好難得
淡泊如水，聚散如風
大家都不累

今天回看這幾行文字，倒覺得是這份「咖啡之交」的一個腳注。我和他就這麼一種交情，聚散如風，來去無定。

我和陶君都是活得很簡單的人，似乎都不慣破費，隨便一個街角的小店已足以消停幾個時辰。倒是有一次，他突然約我在銅鑼灣的怡東酒店喝咖啡，高消費。原來陶生另有事干，意不在咖啡。他告知，《香港作家》改組編輯班子，由周蜜蜜接任主編，希望我能夠做副手，一起做好這份雜誌。陶君是這個刊物的前主編，對雜誌自是有一份感情。我懂，也就答應下來。那時候，《香港作家》的排版是由陶生所在的出版社承接，所以我每兩個月就會到他的辦公室去一次。陶生的寫字枱總是堆積如山，各種書籍、雜誌、稿紙錯雜堆迭，陶先生就埋首在這書山中。我每一次都會輕敲一下敞開着的玻璃門，又探身進去。他從書山後抬起頭來，看到我，總是「吔……」一聲，莞爾一笑，一副似迎非迎的神情。我有時會大大咧咧坐在他斜對面的一張椅子上，先跟他聊兩句，有時則道一聲我先搵阿潘和魚仔，搞掂手上的活再過來。他也總是一副還請自便的神態，接着又回看他的電腦屏幕。待我處理完雜誌的排版、校對事宜，就是我們閒聊的時間。

這時，他又是一句話，飲杯咖啡？

以前常去的街角咖啡店易主，我們就改在太古坊的一間 Pacific Coffee 聚腳，後來這間也換了門號，我們又改到Starbucks。時空可以變易，我們的交往卻似乎一成不變；一杯Latte或Cappuccino，少糖，也是不變的選擇。說來，我和他的幾次文學合作都是喝咖啡聊出來的，如「回歸二十年香港短篇小說展」、香港文學出版社的「小說叢書」、「散文叢書」，以及一些文學講座的策劃。說來，也是一種理念的相近及性情的契合，讓我們可以在香港文學場域一起留下各自的指紋。

而今，斯人已去，怎不悵然若失。文友雖多，但有時要找一個合拍的搭檔還真不容易。

當然，我們聚在一起也不全是將咖啡桌變編輯枱，總有一些凡人的話題，油鹽柴米、世道人情。陶生平素總是一副無可無不可的情態，好像對什麼事都不太上心。最初，我並不太認同他的軟皮蛇性格，不過後來倒是漸漸理解了他的處世作風。那種萬事不關心的神態，以及不置可否的囁嚅，與其說是一種畏縮或明哲保身，倒不如說是一種慣看秋月春風的淡然。以我對他的了解，到了晚年，他對自己的文學功名已看得很開，並不在乎高下得失，或營營役役於排行榜、曝光度什麼的。心態擺得正，自然也就鋒芒盡斂，不求出頭，相反甘居下位做一個配角邊緣人。記得也斯去世的前一年，約陶然和我茶聚，他說以陶然的文學成就，應該拿一次藝術發展局的年度作家獎，而且坐言起行，真的正式提名。但那一屆，陶然敗給了一位詩人。之後，在一次咖啡小聚時，不知誰又提到這事，頗有替陶然扼腕的神色。陶然的反應又是淡然一笑，好像有一句潛台詞，呢啲嘢點會落係我身啊。

真係畀佢吹漲。不過這倒讓我看到了他的真性情。如果，人活的就是一種境界與格局，我倒覺得他真活出了一種個人的姿態，笑而不答心自閒。這也是我和他能一次又一次坐在一起喝咖啡的原因吧。

雁渡寒潭，去不留影。陶君不辭而別，留下我獨坐咖啡店一隅，面對一張空椅子，真有點不夠朋友。

我知道，這次是再也等不到他了。

好在人生聚散有時，就像一次宴席結束，各自離場，總有另一次的相遇。再見再見，終究還是落在一個「見」字上。

放心，我記得一杯咖啡的約定，有拖冇欠。雖然，這次真的會拖很久。我已經想像到，有一天重聚的時候，你還是那句話，知你啦！然後又是一副笑笑口，似嗔非嗔的神情。

二〇一九年三月十二日

最後一次同行

陶然晚年有點「論盡」，不過，倒也有了一種「萬事不關心」的高蹈。人活出這樣一種狀態，說來也是一種通脫，不容易。

認識陶然二十多年，對其人其文的了解不可謂少。不過讓我更清晰看清他的生命情態，倒好像是不久前的事。

那天，他的行止與狀態似乎就是一種冥冥中的暗示，或一種告別方式的隱喻，只是我昧於常人的愚鈍而不能領悟。一個人能看到什麼，不能看到什麼，跟肉眼的視力無關，卻跟「心水」有關。如果，我能讀懂某種無以言狀，卻又實實在在存在的生命密碼與暗語，或許會放慢腳步，陪他慢慢走。

那天，我們都受邀參加一個在何文田富臨舉辦的文學聚會。我不知道他會到，也沒想過要聯絡他。我乘地鐵到旺角，正沿亞皆老街前行，突然接到會務人員阿媚的電話，她說陶先生在旺角迷失方向找不到路。我說，我也在旺角，我去找他。我隨即打通他的電話，他說在山東街。怎麼會走到山東街去了？我說，好吧，我來找你。在往回走的途中，我和他一直保持着電話溝通，他說他在恆生銀行對面近周生生的街口。暮晚的旺角，路人如織。我左穿右插，好不容易走到山東街口，卻見不到他的人影。我撥通電話，又問在哪裏，他還是說在周生生門口。怪了，我明明就站在恆生對面的周生生門口，怎麼會見不到人？待我再舉目四望，才發現他在對面街，也在四處張望。我向他招手，他看不見，我只好說，我在對面街，並叫他站着別動，我過去。待我匆匆穿過地下道到對面街，遠遠見到他一臉迷茫。他見到我出現在眼前，面露笑容開出一朵心花。我調侃說，一個老香港，《旺角歲月》的作者，迷失在旺角，講起來都有人信。可以活到方向不辨，可是少一點道行都不行！佩服佩服！！他嘿嘿一笑，係咁啦，年紀大就係咁論盡。

我和他結伴而行，一路閒聊，心底裏對他的「論盡」還是有時點不解，覺得這跟他一向給人的印象不相稱。曾幾何時，他可是一個翩翩公子，蓄長髮，穿喇叭褲，一副七八十年代摩登少年的派頭。早前，他在微信裏曬當年的威水相，我還看到這副模樣呢。時間真是一個無形的造物主，在悄悄施展潛移大法，改變世間萬物的興衰榮枯，不管你多麼富貴、多麼榮耀，都敵不過祂的操弄。時間，到底是公正的天平，還是無情的殺手？那天他的臉色有些憔悴，人確實有點不在狀態。不過，我倒不太擔心他的健康。他才七十多歲，根據聯合國新標準，還在壯年，有排消遣他的優遊人生呢。他需要的只是多一點休息，我想。

你的長篇寫得怎麼樣了？我問。

有六萬字了。他說。

好啊！

去年，他退下《香港文學》總編的職位，似乎有些失落，我倒是不以為然，總是對他說，有更多的時間寫自己想寫的東西，不是更好嗎，夫復何求？他也總是一句，咁咪係。

我說，如果合適，可先輯一章在《香港作家》發表。

他不置可否。大概是另有打算吧。好多作者都很珍視自己的心血，不先拿到全國重點大刊試一試，是不會心甘的，我理解，所以我也就不再追問。

待我們到酒樓時，已高朋滿座，台灣的張香華、韓國的朴宰雨、日本的荒井茂夫等等，都在席間，虛位以待。他一入場就如一潭池水起了漣漪。朴宰雨見到陶然，便起身迎迓，熱情相擁，顯然好久沒見。一些年輕的朋友也趨前問候，可想他在文學圈的矚目程度。不過，他倒是一如往常，老神在在，見到舊識，也只是莞爾一笑，不見得有什麼熱烈的表情。他就是這麼一種處世風格，不溫不火，不認識的人，大概會認為他cool，「高竇」。這就是他吧，洗盡鉛華，波瀾不驚，萬事不關心的高蹈。

不過，他倒不是那種沒有原則的人。在好多事情上，他都有自己的堅持，如選稿用稿，如吸收會員。在我的記憶中，作聯討論吸收新會員時，他對好多申請都是不表態的。他的沉默，不等於默認，相反可能是無聲的否定。真到了他說「不」時，那就真的是沒有可以扭轉的餘地了。在這一點上，我是對他另眼相看的。老涂不糊塗啊！

或者就是有了這樣一種了解吧，我跟他在好多事情上都有共同的看法和態度。我是一個不容易跟人深交的人，怕累，人情之累，特別抗拒跟人稱兄道弟攬頭攬頸，所以好多朋友都走着走着就散了。能跟他有這麼多年的交往，又沒有走散，也算是一個異數。我想正是因為了解而多了信任，少了猜忌與顧慮。信任是最好的人情黏合劑。十多年來，我和他在作聯內外有過不少的合作，如編輯《陶然作品評論集》、《香港短篇小說二十年作品展》、香港文學出版社的「小說叢書」、「散文叢書」，以及策劃主持一些文學講座。拍檔的過程又似乎能夠增進彼此的認識。就以編選二十年作品集來說，那確實是一項大工程，考驗編者的文學視野與鑒別的眼光。一份吃力未必討好的活計，稍有疏失偏差都可能招人詬病，所以我們都慎而重之，對入選的作家、作品，幾度討論，反覆甄選、掂量。當然這也是很愉快的一個過程，讓我們對當代香港小說的創作狀況，有一次暢快的交流，又讓彼此都觸摸到對方的文學脈相。在文學路上有這樣一個合拍的拍檔，着實難得。不過，我和他之間也不盡是同聲相應，有時也會有各自的想法。記得有一次在商議文學講座的主題時，我們對名目各有想法，就暫時擱置，回家後用 WhatsApp 溝通，一來一往，相互否定，最後才定下一個雙方都能接受的響亮字眼。在這些工作中，你會看到他的利落和精幹。

有這樣一種交道，自然是不容易走散的吧？

那天散席後，我們又一起搭地鐵過海，在金鐘轉車時正好一班到柴灣的車抵達，我和他緊走幾步，趕在車門關上時前後腳上車。他人進了車廂，手上的外衣卻在車門外懸着。列車緩緩開出，他的外衣在窗外飛颺。我們都以為等到下一站，車門一開就可收回。殊不知，車一加速，衣服倏然而逝，被隧道裏的氣流捲走。我說真不好意思，累你弄丟一件外衣。他笑笑說，丟了就丟了，不值錢的。

他說冇乜嘢，我倒是心懷歉疚。如果我不搶那一步，他就不會跟着衝門。我為什麼就沒有顧及他的步伐節奏呢，明知道他手腳不利索，就該放慢腳步，等一等。他反過來寬慰道，一件外衣何足掛齒。他擺出一個瀟脫的手勢，我倒讀懂了他的意思，哪有不能捨棄的外衣？

人活於世，有種種的面具和外衣，真正的自我很少展露人前，甚至自己也未必認識。惟有活得坦蕩的人，才可能拋棄一個個的面具，一件件的外衣，與那個赤裸裸的真身相遇。

列車在隧道裏疾馳，眼前不斷閃過倏然而逝的影子。我想，如果青春是用來揮霍的，中年是讓人自省的，那麼晚年就該是認清自我從心所欲的吧？他，到底是論盡，還是活出了一種自我的情態，已不在意世間的規條與路徑，也懶理人間的毀譽與虛華？

列車到了下一站，有人下車，有人登車。

每一個人都活在一輛生命的列車上，各有終點站，遲早都會下車。想不到一個不留神，他提早下了車，轉眼消失在此岸的月台，循進了靈性的幽暗隧道，留下一個悵惘的我。

突然少了一個文學的拍檔，心好像也缺了一角。

不過，我相信他沒有走遠。這二十多年的交往，雖然不是什麼生死之交，卻留下了那麼一些瑣碎的記憶。這些細節像小小的馬賽克一樣，已嵌進我的文學人生拼圖，成為不能缺失的部分。這又何嘗不是一種存活呢？
他只是隱身了而已，隨時都可以隨文字與記憶而顯影現形。

二〇一九年三月十七日

給她

有一種朋友，平時可以沒有聯絡，但一當聽到她的聲音或見到面，就會讓人特別的興奮。生命中能給我這種感覺的朋友不多，但總有那麼幾個，這是一種緣分，也是一種恩典。

這天，完成一次學校的演講，帶着些許倦意回到家，靜靜地坐在躺椅上小息。手機震盪，響亮的鈴聲悠悠揚揚，林子，一個很久沒有聲息的朋友。電話鈴聲的旋律與節奏，好像跟撥鍵人的性格息息相通，這響聲就是林子的，爽朗，明快，這是讓人第一時間就想接聽的電話，不像有些來電會讓人遲疑。

我是林子。她自報家門。

其實，我手機裏一直儲存着她的號碼，有來電顯示。

有一兩年沒見了吧？我問，你在哪裏？

在香港，回到香港了。

我一直以為她在深圳，也隱約聽誰這樣說過。

她說，她去年九月就回到香港了，但沒跟人聯絡。

怎麼會這樣呢？我和她在微信上是有聯繫的。我們經常互傳一些彼此都感興趣的文章，不用點讚，無須評論。有這樣的默契，只有相互信任的朋友才做得到。畢竟，時下的「朋友圈」愈來愈靠不住，可以信任的「朋友」愈來愈少。遺憾的是，我竟然不知道她已經回到香港，這是否有點不可思議？還住在柴灣嗎？我問。

是呀，翠樂邨。她說。

我連聲哎呀，早不知道，不然就約上見一面。事緣我這天下午就在她家附近。當天中午到作聯開會，下午又到附近的一間學校演講，中間隔了兩個鐘。當時還在想，有誰住在這附近，約出來喝杯咖啡，打發時間。腦中搜索了一下，想不到什麼人。有時不是想不到，是有些人想到了也不想見，自然打消念頭。無聊中只好到漁灣邨轉悠，又在翠樂邨樓下的兒童遊樂場閒坐曬太陽。冬日的陽光溫煦暖人，還不致百無聊奈，何況我隨身帶了一本書。但是，不知道想見的人就在附近還好，一知就不能不惋惜錯失了機會。香港這地方，約一次見面可不容易。

聊起來才知道，原來林子這一年可不安寧，日子過得像坐過山車一樣，驚險連連。之前，她去哈爾濱參加詩會，突然胃穿孔，送院急救，一住就是一年，中間醫院幾次發出病危通知。她說，幾次都以為就此告別各方朋友了。真是禍不單行，香港這邊房屋署見她長期不在港，發出收樓通知，限她九月遷出。事實上，她並不是沒有將情況通報當局，而是兒子代她發的電郵，人家政府部門沒有收到。這事弄得，橫生變故，能不折騰嗎？豈止折騰，簡直是一次劫數，居然要上仲裁庭。好在，她拿出了過去一年住院，幾次出入生死大關的病歷證明，這保家衛屋的戰鬥才告平息。

受罪了，林子！好在一切都過去了。過去就好。

林子可不是那種會為驚濤駭浪哀怨的人，她像只是擺談一件陳年舊事，頤然回首，風輕雲淡。

她打電話來，並不是要訴苦，而是告訴我詩人夢如在中央圖書館的六人畫展上有新書發佈，約我一起參加。我知道夢如的動向，她給過我電郵。夢如跟我是近三十年的舊識，她告別詩壇十八載之後，以詩相約，加上林子的盛意，哪有不到的道理？

就這樣，我和林子在中央圖書館的展覽廳又見面了。這次，她是坐着輪椅來的，由她的小兒子推着進入展廳，見到人就遠遠的揮手。她哪裏像個病人？像以往一樣，神采奕奕，雖然是八十三歲高齡的人，又大病過一場，她看上去還是那麼精神。她站起來跟夢如擁抱，又和我熱情握手。隨後，她轉身取出兩本書遞給我。有備而來的文友相會，書是最好的見面禮。我送給她一本我的散文集，她回饋給我二冊，一本是家族史《名門家族的守望者》，另一本是史威登堡的《通行靈界的科學家》。同前一本不一樣，後一本是她自己掏腰包複印的著作。她知道我會喜歡這兩本書。朋友就該是這樣的，知道你的脾性，知道你的心性，無須言語，默然會意。前一本書裏收入了早年的一篇文章，〈往事如煙〉，寫父輩的苦難，我很多年前就看過影印稿。這是一卷苦難史，像許許多多的中國家庭遭遇過的歷史一樣，不說也罷。撫着兩本書，我又想起了林子送給我的另一本複製書，《白朗甯夫人抒情十四行詩集》。林子就是這樣的人，她認為好的書，就會跟人分享，複製一大批派送給朋友。有時候，我讀着白朗甯的愛情詩，就會想，林子將這本她珍愛的書複印送人，豈是送出一本書那麼簡單，她是在傳送福音，愛的福音，讓大家到領受到她所得到的愛情天啟。

同樣，我也會想，沒有白朗甯夫人的那些十四行詩，會不會有〈給他〉這一首現代經典？估計沒有，因為如果沒有那一位初戀的男孩寄給她一本《白朗甯夫人抒情十四行詩集》，她的詩情大概不會被喚醒，每天寫上一首十四行。不過，我又會想，沒有白朗甯，也會有〈給他〉，只要有那真摯而熱烈的少女情懷，一樣會有一首〈給他〉，不管是不是十四行，可能更短也可能更長，無論哪一種形式，都會有那火一樣的激情。她，就是中國的白朗甯夫人呀，一首〈給他〉，唱出了多少戀人的心聲？這首戀歌已永遠鐫刻在中國百年新詩的豐碑上，也長留在我的心間——

給他

只要你要，我愛，我就全給，

給你——我的靈魂、我的身體。

常春藤般柔軟的手臂，
百合花般純潔的嘴唇，
都在等待着你……

愛，膨脹了它的主人的心；
溫柔的渴望，像海潮尋找着沙灘，
要把你淹沒……

再明亮的眼睛又有什麼用，
如果裏面沒有映出你的存在；
就像沒有星星的晚上，
幽靜的池塘也黯然無光。

深夜，我只能派遣有翅膀的使者，
帶去珍重的許諾和苦苦的思念，

它憂傷地回來了——你的窗户已經睡熟。

一首寫在五十年代的詩，鎖在抽屜裏二十多年，直到八十年代才在《詩刊》正式發表，並獲得全國詩歌獎，從此成為廣為傳誦的情詩。這說明什麼？真正的好詩是不會被時間埋沒的，相反像有年份的酒，放得愈久愈醇厚甘洌。

如果這首詩讓你看到了熱情似火的林子，那麼，我倒願意告訴你一個不一樣的林子，今天的她被生活冶煉得淡然溫潤了，寵辱不驚，寬厚而通達，無論經歷多少磨難，都不留痕跡。我知道，在她心愛的人離她而去的時候，她是怎樣的悲傷，那是另一種至烈的愛與痛。我從她的文字中看到了一個女子悲歡離合的一生，但無論喜樂還是憂患，順境還是逆境，她就這樣走過來了。她並不高大，但她總是那樣高雅，這是一種渡盡劫波的平和與從容。

在中央圖書館的展覽廳裏，我第一次想到要和林子合影，因為我不知我們下次再見會在何時。展廳裏有各種的面目與表情，久別的重逢，不經意的邂逅，不期而遇的驚喜，或有意無意的迴避，一如風格各異的畫面與色調。展廳，又何嘗不是一個聚散的渡輪碼頭？你來我走，匆匆一面又分手。我和林子見過面，完成了相見贈書敘舊的心願，也各自消失在展廳的不同區間，她有她的喜好，我有我的選擇，我們各自遊走。

畫展開幕禮仍在進行，演講嘉賓正在滔滔不絕讚美參展畫家的畫工，我悄然告退。我沒有看到林子，估計她在展廳的另一端。

告別，有時只是一種繁文縟節。手持林子送贈的書，千言萬語已在其中，心靈相通，俗套可免。

見字如面，相忘於江湖又如何？

二〇一八年一月二十四日

由此及彼——寫在《香港文學》四十周年之際

《香港文學》四十年了。

衡之於當世同類名刊，四十年說長不長說短不短，但絕對是一個值得慶賀的年歲。環觀世上最有影響力的文學刊物，《紐約客》（The New Yorker）、《文藝春秋》都屆百年，不過也有不少名刊也只是幾十年，如美國的《犁頭》（Ploughshares）、《太陽》（The Sun）；有些更短，如《一個故事》（One Story）是千禧年後才冒出來的星級名刊。若果不以年數長短論輩份高下的話，《香港文學》也足以說是一棵文學長青樹了，尤其是在香港這樣的商業化文化環境。

在香港，做出版難，做純文學出版更難。這是大家都知道的常識，不用我多費唇舌。《香港文學》能夠迎來四十周年的喜慶日子，殊不容易，自然也值得回顧與紀念。藉此，我想以一個過來人的身份，談一點感懷。畢竟，我與《香港文學》有三十多年的緣分，由讀到寫乃至到編，都有互動。

有人說，一本文學雜誌就是一個可以放在口袋裏的藝文館，翻開每一頁都可以展開一段旅程。我理解這個比喻。確實，每期用心而輯的文刊就是一部精選的創意作品集，可供讀者隨時閱讀欣賞。然而，我更喜歡把文學雜誌視作一個連接作者與讀者的平台，一個文學創作的孵化器。這種認知一方面是多年從事文學編輯的感悟，另一方面則是與文學同行交流互動的體會。我一直相信，一份有影響力的文學刊物，必有自己的文化磁場，必會凝聚一批作者與讀者。如五四新文化運動時期的「創造」、「新月」、「語絲」，以及後來香港的「素葉」等，都是以刊物為核心形成的文學群落。《香港文學》作為一份「立足本土，兼顧海內外」的文刊，同樣也展現出了自己的特色，已然成為香港乃至世界華文文學的藝文重鎮。這棵根深葉茂的長青樹，像香港街頭常見的大榕樹一樣，蔭庇一方，下自成蹊。

說來，我與《香港文學》結緣，始於一次造訪。那是九十年代初，我投稿一篇散文到劉以鬯兼任主編的《星島》副刊「大會堂」，不久便見報了。出於文藝青年發表作品後的興奮與喜悅，也就有了拜見編者的念頭。我知道劉以鬯是《香港文學》主編，辦公的地點就在摩理臣山道，離我當時工作的地點只隔兩個街口。一天中午，我趁午休時間，摸上編輯部。劉老知道我的來意後，熱情地將我引進小小的會客室。老人家平素言語不多，但一談起文學來，話題不斷。他早年畢業於上海聖約翰大學，年輕時接受五四新文學洗禮，與現代作家徐訏、施蟄存、柯靈等都有交往，很早就形成了現代主義的文學理念。這次會面，讓我感受到了一個作家兼文學編輯的文學信念與初心。

總編是一份刊物的靈魂人物，他的文學意識、視野、理想、抱負，往往決定了刊物的品格。劉以鬯的文學觀念反映在編輯上，一個特點是注重創新，走在實驗前沿，給有抱負的文學新人提供發表空間。事實上，這也成了《香港文學》的一個傳統，一路以來，我們都可以看到，這個雜誌始終注重作品的文學性，鼓勵創新，展現多元、包容的文學景觀。我從幾任總編主持下的刊物風貌格調中，都看到了這樣的特色，也曾從讀者的角度撰文加以評介。

從一個讀者到一個作者，乃至參與策劃與編輯，是我與《香港文學》的另一重緣分。不記得是哪一年了，中國著名文藝理論家孫紹振教授在港做訪問學者，我和孫老師在那段時間交往頗為密切。有一天，散文家古劍請孫老師茶聚，我也去了，地點在油街的上海老飯店，座中還有陶然。古劍與孫老師有舊同事之誼，他們相談甚歡。我和陶然是初識，卻也話題投契，由此有了交集。後來他接任《香港文學》總編，我也成了華蘭路的常客。事緣，我和周蜜蜜主編的另一份文學刊物，是委託《香港文學》的美術部代為排版、製作。每一次跟相關同事交接過文稿編輯事宜後，我總會去敲敲陶然的門，跟他聊聊天，不時會相約去附近的咖啡館小坐。同行的交流，除了「八卦」一下行內動態，也總能碰撞出一些新主意。

一份雜誌其實就是一個文學網絡，聯繫着讀者與作者，編輯是其中的協調人，反饋訊息，也促成互動。由此形成的文學社區，提供讀與寫的交流空間與機會，是一個社會整體人文環境中不可缺少的部分。從這個角度來說，《香港文學》不僅僅是一份雜誌，還是一個文學社區，為這個高度商業化的社會，撐起了一片文學的天空，開闢了一個藝文的綠洲。在這個藝文空間中，現過身影且留下足跡的作家不計其數，如本地的西西、也斯、崑南、李碧華、阿濃、董啟章、王良和、羅貴祥、陳寶珍、胡燕青、蓬草、許榮輝、韓麗珠、潘國靈、陳曦靜、梁麗姿等，海內外的王安憶、蘇童、遲子健、北島、白先勇、王鼎鈞、張翎、簡幀等等，陣容強盛，佳作紛呈。不少首發的作品都是香港文學名篇，如也斯的〈愛美麗在屯門〉、韓麗珠〈輸水管森林〉等。

一些不了解文刊運作的朋友常會有一種錯誤想法，以為編輯是那種抽着煙斗、仰着鼻孔審稿的大老爺，總是憑着個人的喜好濫用生殺大權。事實上，好的文學編輯通常是為人作嫁的有心人，菩薩心腸，除了有奉獻精神，還有伯樂之志。作為一個編者，在良莠不齊的文稿中，澄沙汰礫，發現閃光之作的喜悅與欣慰，實不足為外人道。對於一般的讀者來說，一期雜誌的內容好像是作品的自然呈現。殊不知，刊物表象之下不知需要付出編者的多少心血，又需要經過多少精心的選擇與編排。體現文學雜誌編輯功力的一個重要方面，是策劃與組稿的能力。年初，收到本年度第一期《香港文學》，眼前一亮，當即被煥然一新的封面與版式設計所吸引；再細看本期「香港作家小說專號」，從陣容到作品內容也都耳目一新，翻閱欣賞之餘，最大感慨是策劃有道、編排見工夫。

我一向認為，文學雜誌總是承載着一個時代的記憶、體現一個時代的文學風尚，立足於香港的文學雜誌，當有在地的人文關懷，講述「我城」的故事，表現地方的經驗與情懷。在我看來，這也正是《香港文學》的一大勝場。雜誌每年推出的香港作家小說、散文專題，集中刊發本地作家新作、力作，對促進本地的創作，發現新人、催生新作，功不可沒。如果我的記憶沒錯的話，詩人王良和的小說處女作〈魚咒〉，就是應《香港文學》的小說專號之約而創作的。這個作品其後獲得中文文學創作獎，也成為香港小說名作之一。雜誌的小說、散文專號，滙集了不少香港文學的年度精品之作，已成為《香港文學》的一個品牌。

文學雜誌在拓展文學疆域，發掘資源方面，也有不可輕視的作用。當今世上的許多名刊，都以雜誌為依託集結新的文學力量，向讀者傳播文學藝術的新聲音。有一次，在咖啡館和陶然閒聊，我說，《香港文學》是有聲譽的品牌，也形成了自己的作家群，何不策劃推出文集，展現香港文學新風景？他也覺得這個想法可行，於是我們當即着手醞釀。文學文集的出版，所需經費不菲，缺乏資源難以成事。「香港文學小說叢書」集結了八位本地作家的新作，獲得香港藝術發展局資助，順利出版。第二套叢書是散文文集，可惜未能得到資助，無以為續。大概是合作愉快，二〇一七年，陶然接到新任務，編選《香港小說作品集（1997-2017）》，作為香港回歸二十年的文學成果展示，他找我合編，於是我和《香港文學》又有了一次深度的合作。

回首這種種交集，我為有機緣與這份雜誌一道同行而與有榮焉，同時也感念她為我提供的成長空間，心存誠敬。

記得劉以鬯當年說過，決定在香港創辦一份世界性中文文學雜誌，有兩個宗旨，一是提高香港文學的水準，二是將世界各地的華文文學當作有機的整體來推動。縱觀《香港文學》四十年的歷程，可以發現她一直沿此初衷進發，展現自身的特色。

文學，有指向彼岸的特質，立足大地而仰望星空。一份好的文學刊物，同樣也有路標的特性，連接來時路，指向未來。《香港文學》這個藝文媒介，在全球文刊叢林中獨樹一幟，自有堅守。從摩理臣山道到華蘭路，從香港到海內外，從此岸到彼岸，發揮着橋樑的作用，她聯通了一個華文文學的世界。

四十而不惑，風華正茂，可喜可賀，更可期待憧憬！

二〇二四年三月二十八日於南山書房

詩魂

鳥兒在疾風中
迅速轉向
少年去撿拾
一枚分幣
葡萄藤因幻想
而延伸的觸絲
海浪因退縮
而聳起的背脊

十三年前，當我第一次讀到這首詩時，竟興奮得不能自已。其實，我並沒有讀懂。我只是感動於它的形式，我所感受到的，是一種讀不懂的快感。

從那以後，我知道有一個詩人叫「顧城」，更知道他是與舒婷、北島齊名的朦朧派詩人。他們像熠熠發光的燈塔一樣，照耀着我們這一代從「文革」的寒夜裏走過來的青年。他們的詩成了我們生活的一部分，甚至代表着我們這一代人吶喊的心靈。

物換星移，今天的中國已從寒夜中甦醒過來；而我們這一代人更像沉浮於激流中的孤舟，經歷了無數驚濤惡浪的洗禮，已徹底脫胎換骨，沉淪在塵世的苦海裏了。

很多年了，再沒讀過顧城的詩，也不曾聽聞過多少關於他的消息。突然從電訊中知道，他在紐西蘭砍死了自己的妻子，又上吊自盡了。……這是一個令人難以接受的不幸結局。

但是，我卻不感到驚訝。我只是感到他的死，像一首不用文字表達的詩，以一種驚世駭俗的形式，道盡了他的一切。如果你知道一點點他的經歷，一定會覺得他以這樣的方式離開人世，並非在邏輯之外。

十幾年前，也正是他與一批朦朧詩派的代表人物，以他們獨特的文字，在中國的文壇掀起了一股離經叛道的詩潮；也正是他們在黑暗歲月中，投下了一顆顆威力強大的「炸彈」，震裂了那固如鐵壁銅牆的文藝理論堡壘。他們擯棄了空洞、虛假的濫調，以嶄新的形式、嶄新的風格，為詩壇帶來一股新的氣息。

在當時關於朦朧詩的論爭中，顧城與他的父親——正宗黨性詩人顧工的分歧，更反映了中國兩代人的思想歧異。顧工公開撰文說：「我愈來愈不懂我孩子顧城的詩，我愈來愈氣忿……」這位跟隨黨從槍林彈雨中走過來的老詩人，試圖將他的孩子「引導」到「正宗」的詩道上，讓他繼續譜寫合乎規範的「頌歌」，於是將顧城帶到他當年征戰過的地方，參觀山城重慶的白公館、渣滓洞，並向顧城灌輸「革命理想」。然而，他沒能「扭轉孩子的大腦和詩魂」，顧城所寫出的詩依然令這位老詩人驚愕與驚駭。

在顧城的筆下，喧鬧的山城成了「未展平的土地」、「一封過時的遺書」；嶙峋的石壁成了「灼熱的仇恨燒彎的鐵黑軀體」；至於寫到那些就義的人，他卻寫下這樣的詩句：「是的，我不用走了，路已到盡頭，雖然我的頭髮還很烏黑，生命的白晝還沒開始」。

這樣的詩句當然會引來他老子的「一連串彈雨般的訓斥和質問」。可是，這兒子早已不是馴服的工具，他為自己的詩，為我們這一代展開了激烈的辯護——

「我是用我的眼睛，人的眼睛來看，來觀察。」

「我所感覺的世界，在藝術的範疇內，要比物質的表象更眞實。藝術的感受，不是皮毛，不是光譜分析儀，更不是帶鎂光的鏡頭。」

「我不是在意識世界，而是在意識人，人類在世界上的存在和價值。」

「表現世界的目的，是表現『我』。你們那一代有時也寫『我』，但總是把『我』寫成『鋪路的石子』、『齒輪』、『螺絲釘』。這個『我』，是人嗎？不，只是機械！」

「只有『自我』的加入，『自我』對生命異化的抗爭，對世界的改造，才能產生藝術，產生浩瀚的流派，產生美的行星和銀河……」

就這樣，他和舒婷、北島、楊煉、江河等人就成了我們這一代的文藝旗手。也正是他們以叛逆者的姿態，引領着我們這一代衝破樊籬，去接受一潮接一潮的西方思潮的洗禮。在短短的幾年間，我們飢不擇食地閱讀各種流派的西方文學、哲學著作，儘管生吞活剝，不曾仔細咀嚼，但卻一饗被那獨沽一味而敗壞了的胃口。我們這一代所謂的「幸運兒」，從讀小學的第一天開始，就被灌輸那一套集體意識，時時刻刻想着為國奉獻自己的生命。直到時間過去了，我們才漸漸地從愚昧的迷夢中甦醒過來，才意識到了「我」的存在。而顧城、舒婷、北島的詩，就成了我們這一代心路歷程的寫照。所以，如果說，我們這一代就是那廢墟的冤魂，那麼他們的詩就是我們的墓誌銘。

正是基於對曾經頂禮膜拜的主義的徹底失望，我們更以一種逆反心理，享受着「資產階級自由化思潮」、「精神污染」，給我們帶來的精神養料。而且，凡是有一點思想的人，都會千方百計地逃離那個「窒息」人的地方。我們企盼到外面去呼吸人性的空氣，就像囚犯企盼着成為一隻自由飛翔的小鳥一樣。就是在這股「逃亡」熱潮中，顧城、北島、楊煉等等最優秀的朦朧派詩人，都離開自己的祖國。從此，我們再沒有讀過他們的詩作。而迅速從文革崛起的中國，也拜開放大潮之賜，迅速改顏，人們的觀念發生了脫胎換骨的變化，總是走在時代浪潮之先的詩人作家們終於退回到本身的文化領域，不再獨享引領潮流的風騷。人們漸漸忘記了那些為我們吹響時代號角的詩人們。

直到今年上半年，筆者在刊物中讀到一篇報道顧城夫婦的文章，才知道他們在紐西蘭一個小島上過着一種與世無爭的生活。

八七年五月，顧城應邀到幾個歐洲國家訪問，同年十二月到香港，準備回國。期間認識了紐西蘭漢學家、奧克蘭大學亞語系主任閔福德。閔教授邀請顧城到他們的大學教中文。顧城和他的妻子謝燁一口應承，便去了紐西蘭。小兩口在一個小島上買了所破舊的房子。屋內無水無電，無廁所，是名副其實的陋室。不過，窗外有山、有樹、有花、有海。這個飄然落脫的詩人，不僅不嫌它破舊，反倒覺得他有一種禪境，於是便將它買下來，而且一住就是五年。但是詩境歸詩境，現實歸現實。

兩人每天要上山砍柴，燒火取暖、煮飯，海裏撈海蠣，山上挖野菜。有一次，謝燁吃野韮菜中毒，險些喪命。晚上，又要受到蚊子、跳蚤、老鼠的滋擾。後來，顧城又到集市上買了兩百隻雞，做起雞生蛋、蛋變雞……財源滾滾的發財夢。誰料，島上一個居民，向政府投訴顧城養雞超過十二隻。他又被迫將雞一隻一隻地殺掉。兩人又在島上開地種菜，過着自力更生的生活。

在這樣的生活環境裏，鬧離婚，成了他們每天的家常便飯。但是，誰能想到，其邏輯發展竟是殺妻，之後又上吊自盡呢？

在那孤島上的日子裏，他與中國的讀者完全失去了聯繫。他說：「詩這玩藝，現在看來，可寫可不寫。就像哭和笑一樣，是自然現象，該哭就哭，該笑就笑。為寫詩而寫詩是寫不好的。我寫詩如同守株待兔，可寫可不寫的時候寫出來的才是最接近詩。」

從這個自白，我們不難領悟他這些年來的心境。

從顧城之死，我想到了更多流落海外的詩人作家們，北島、楊煉、徐剛、阿城……他們的近況如何呢？很多年沒讀過他們的作品了，他們本質上都是屬於我們這一代的，他們之於中國讀者來說，代表了一種充滿個性的，爭取自由與自我尊嚴的聲音。當年，他們能夠茁壯成長，就在於他們紮根於中華民族的土壤上感受着人民的憂患，體驗着時代的脈跳，所以他們能夠以不屈不撓的精神，以澎湃的激情，將他們的文字滙集成強大的詩潮，去衝破禁錮人們靈魂的一切陳規陋習。如今，他們似乎都成了失去土壤的浮萍，在異國他鄉的文化池塘裏漂浮，這將是多麼的孤寂？

以中文寫作的詩人、作家們，怎麼能夠失去他的中華故土呢？

顧城去了，卻為我們留下了一首無言的詩——一首令人費解的朦朧詩。

但是，我最不能忘記的，還是他那一首〈一代人〉——

黑夜給了我黑色的眼睛

我卻用它尋找光明

我浪遊，所以我存在

那是一個浪遊的年代，對於我們這一代文學的殉道者、苦行僧來說，如果沒有經歷過那一波浪遊，可以說就像回教徒一生沒到聖城麥加，應該是終生的遺憾，而且是文學生命中的一個缺陷。在八十年代，中國大地上到處遊蕩着一些並不在建制之內、也不見容於主流社會的文學浪子，他們屬於一個地下的詩人部落。我們都屬於這個部落，屬於不願受奴役的一群。

那個時候，我剛二十出頭，也像許許多多無名的文學浪子一樣，蓄着長髮、背上行囊，一次又一次地出行，遊走在大江南北。至今，在我心中仍懷藏着另一幅中國的地圖，那是一幅只屬於我的地圖，上面到處留有我青春的足迹和記憶。所以，在我心中，長江、黃河、京廣線、隴海線……絕不是一些抽象的地理概念，而是一幅幅具體可感的、活生生的流動畫面。如果沒有經歷過那一次次漫長而寂寞的火車旅程，我對中國的博大不會有那樣深切的感受，也不會對中國的大地有那麼深沉的感情。

說不清浪遊的理由，只知道我們在探訪在追尋在自我放逐，從而得到心靈的解放。八十年代的中國雖說已走上開放之路，但就像寒冬已過，卻仍春寒料峭，在現實生活中，仍處處是沒有解凍的堅冰。我們生活得並不自由，浪遊就成了我們呼吸新鮮空氣、擺脫束縛的一種方式。我們穿梭在城市、漫遊在邊塞，去尋根、去朝聖，尋求心靈的解放。我們這一代並不曾真正享有和平年代的安寧生活，整個童年其實是夾在大人搖旗吶喊的遊行隊伍，和聲嘶力竭的批判中過來的，渾渾噩噩便虛擲了十多年的時光，與老一輩的人比起來，我們沒經歷過戰火的洗禮，沒有打江山的光榮履歷，我們錯過了一個人生的季節，也錯過了求知的好時光。當我們驀然回首，才發現青少年時代竟是從一座廢墟中爬出來的，這座廢墟不是戰爭的廢墟，也不是地震的廢墟，而是文化的廢墟——一場最慘絕人寰的社會運動所留下的廢墟。我們驚覺，自己屬於一無所有的一代。當年，崔健矇着雙眼，用沙啞的聲音唱出的那一句「一無所有」，何其蒼涼，倒是真正觸動了一代人的心靈，道出一代人的心聲，因為那就是我們精神狀態的真實寫照。

我們雖然一無所有，但絕不是貧乏的一代，相反是求索的一代、反叛的一代。我們蓄起的長髮，其實是不羈心靈的表徵；我們浪遊，則毋寧說是對建制的一種反抗和藐視，是一種自由的姿態。我們常常身無分文，但我們可以走很長很長的路；我們一無所有，但我們很富足。

對於我們來說，文學就是我們的身分，詩就是我們的通行證，我們寄居在大學生的宿舍裏，或廉價的旅店裏。我們不停地上路、不斷地去遭遇，沒有固定的行程，也沒有目的地，只有一個又一個的驛站。作為一個浪遊的旅人固然是孤單和寂寞的，但心靈卻享有最大的自由，胸中充盈着千古中國文人那種浪遊的俠氣。

狂？確有一點！

夢的重量

夢，好多年不說夢，也不做夢了。在這個荒蕪的時代，荒涼的世界，說夢已成為一種奢侈。

但我知道，你就在那裏，在夢中。

夢，明滅變幻如輕煙，看得到捉不到，來無蹤去無影，沒有形狀也沒有質地；但又如此沉重，像一道十字架壓着我，令我氣喘吁吁，要用盡全身之力來背負。這就是夢，因了一次前世的邂逅，就注定與你有了這份生死之約，需要我用無盡的苦旅來追尋，並付出一生的精力來償還這份債務。

是的，你就在那裏，在那一次相遇中。那是夢，又不是夢，你在貝殼中誕生，從大海中走來，就從這一刻的神會開始，我注定與你同行。相遇，不需要理由。雖然，我知道在你我之間，有一道難以踰越的鴻溝，你有你的彼岸，我有我的此在，各有各的時空場域。但我還是一次又一次，站在這無明世界的涯畔，將你眺望，在星空中尋找你的身影。我始終相信，在這絢麗又荒涼的人間，終有一次靈與靈的神遇，一次靈與肉的交合。

我相信你的存在，相信你就在夜空中，在星空閃爍處。我甚至相信，你就是寒夜裏的一顆星一束光，是你為我指示旅程的方向。我知道你就站在那燈火闌珊處，縱使不能用肉眼看清你的真顏，我依然相信，你就站在那裏，面帶微笑，凝視着這人間的凡夫俗子，這無家可歸的浪子。

我知道，你會幻化成無數的分身，變成一個個魅影，來到人間，迷惑我、引誘我、試探我、戲弄我。就像西行的僧人，終要經歷九九八十一難，才能修成正果，我的這段苦旅也不會平坦，要迷失在一個又一個的幻象中，像置身玻璃萬花筒中，不知道何為真何為假，哪裏才是出路，哪裏才是歸途。

在這紅塵滾滾的人間世，我該到哪裏去尋找你的真身？哪一個你，才是真正的你，我的女神？

我相信，你就在這茫茫人海中，在熙熙攘攘的市井間，一次又一次，我是那麼肯定你就在附近，似乎已經看到你的身影，又跟你擦身而過。是的，我相信你就在我的身邊，因為空氣中還飄浮着你的氣息。一回又一回，我走在你曾經走過的地方，明知徒然，卻又有一種不期而遇的僥倖，或者自我放逐的慰藉。有時候，流浪也是一種安頓身心、安撫心靈的方式。如果這就是一劑苦藥，能夠醫治我的焦慮、我的抑鬱，那就讓我如此浪遊下去，讓我在無盡的人間小巷，獨自撐着一把油紙傘，癡癡的等待，把你。

那天，我來到諾士佛台，在小街上徜徉、徘徊，似乎想在時光的陳跡中找到你的身影。當然，我知道這是徒勞的。你雖然無所不在，卻又不會輕易現身。就在我茫然若失的時候，一個熟悉的身影出現在我的面前。我們相遇在這熙攘的人間，我一眼就認出來，她就是你的化身。我們走進粥店，同享招牌艇仔粥、糯米雞。其實我們志不在吃，只是借一個角落，談詩談文，談楊絳周國平，談奧修泰戈爾，談川端康成也談東山魁夷，那是多麼美好的時刻呀！我一度以為她就是你的真身，豐腴、安閒，怎不傾注無限的癡情？然而，一陣迷霧將她捲走，令那場戀愛如一現的曇花，稍縱即逝。於是我又懷疑這只是一場夢，一次單戀的幻影。

但無論如何，我從來不曾懷疑過你的存在。如今，我將自己當着一個文字的托砵僧，蟄居古剎，以書為友，與孤燈為伴，沉潛於寂寥的時空，在清冷的道場作自我的修行。如果，這是讓我與你相遇的必經之路，那就讓我選擇這道獨木橋，讓我踏破這條枯藤古道。紅塵萬丈，多少假面舞會正在舉行，又有多少觥籌交錯的華宴在聚光燈下流轉，但這一切又與我何干？從退守這方清寂之地，我就不再將那些場面與升平的煙雲當回事。你給了我辨別真假的目光，也給了我分清善惡的心鏡，還有什麼能夠代替你的指引？我相信，你就在前方注視着我，也在指引着我。除了你，我還可以跟誰同行？

凡俗的肉身，愚鈍的氣性，以及俗世的無形之手，都在拖扯着我雙腳，引我向下沉淪。不過，我不會鬆懈，也不會投降。我的心已經交給了你，我的目光迎着你，我的手也已經伸向你。文字就是我走向你的路徑，詩就是我抵達你的媒介，你的天空已經為我打開。儘管，這是一條漫漫長途，恍如走不到盡頭的苦行路，我還是無悔自己的選擇。也許，注定每一個皈依於你的人，都如同受到懲罰的西西佛斯，需要承受這無盡的苦役，將石頭一次又一次推向山頂，勞而無功，永無休止。是的，正是這個苦役讓我感受到自己的能量，也更堅信自己能夠抵達你的靈性空間。事實上，我的每一段修行，都是在走向你的路上；每一篇文字，都是接近你的階梯。這條苦行的路，是我必經的歷程，必修的功課，無怨也無悔。

終於，在這個夜晚，你出現在我的眼前。是你，剛剛從海中誕生，踏着貝殼而來，長髮在清風中飄揚，你赤裸的胴體讓整個世界都變得明潔光亮。我第一次如此真切地擁有你，領受到靈與肉結合的暢快，實現天人合一、萬化冥合的神會。

我沉浸在這春宵一刻的極終交合中，不願醒來。我知道，這是夢，但又不是夢，這是一場人生苦旅的必然時刻，是以文為徑、以詩為媒的至高境界。一份前世的債務終於一筆勾消，此心也終於得到安頓。

我輕闔雙眼，陶醉在夢的餘韻中，不願醒來。我滿足於這一種真實，願望的實現。

誰說夢虛無縹緲，幻若輕煙？夢是有重量的，實實在在。

二〇一八年一月十日

第二輯

天涯共此時

上野駅

上野駅像個迷宮，有很多出口，「中央口」、「入谷口」、「公園口」、「不忍口」，人在其中稍一分神就可能走錯方向，去到另一邊。我住在東上野二丁目的一間酒店，最便捷的路徑是由入谷口出來，走熊貓橋，但我常常捨近求遠，走其他出口，有時去到中央口，有時又走到不忍口。

條條道路都通往我的目的地，所以，我並不會刻意認住一個出口，走一條固定的路。信步而行，看不同的景象，何樂而不為？大概是這樣一種潛在心理，在滿足我天馬行空不羈放縱愛自由的天性，我每次都輕鬆自在、毫不經心地走出那迷宮般的車站。

避疫三年有餘，坐困我城，有了透氣的機會，怎能不海闊天空任性一回？

我就是在這樣的心境中，來了一次「迷失東京」之旅。

住地靠近御徒町，一個典型下町生活風的社區。據說，這是江戶時代下級武士聚居的地方。御徒指徒步而行的武士，他們俸祿低微需經營副業以維持生計，也就發展出了一種庶民文化。著名的阿美橫町是一個傳統的露天市場，美食、藥妝、電器、糖果零食土特產，應有盡有，可謂平民購物天堂。不說不知，細一探究才知其名大有來頭。這裏曾是戰後販賣美軍物質的黑市，「阿美」（アメ Ame）一詞既有 America（美國）之意，又有 Ame（糖果的日語發音）之實，真是實至名歸啊。

這天從上野駅的地下中央口出來，橫過小廣路口，來到這人頭湧湧的市集，一下子就被吸引住了。這是本地居民購買日常生活用品的街市，也是遊客雲集的地點，人氣十足。沿街而行，走進鞋店看看平價波鞋，或在時裝小店試試和風上衣，東瞧瞧西看看，轉眼就是三兩時辰。肚腹咕嚕有聲，該吃東西了，在就近的小店坐下，看看餐牌，鰻魚飯、炸豬排、章魚燒、鮭魚卵丼、海膽丼、薄片雪花牛舌，多不勝數，任君選擇。來一份炸豬排，一千円而已。

徜徉在上野的橫街窄巷，看尋常事物，嚐地道輕食，領略市井風情，別是一種滋味。

入夜的橫町，沒有了白日的喧鬧景象，又換上另一副誘人面目。不少店鋪打烊了，食肆依然燈火通明。上班一族卸下工作的盔甲，無拘無束地在居酒屋吃燒烤喝啤酒、吃宵夜。燈火闌珊的窄巷在寧謐中另有風情，形單影隻的夜遊人在街頭逡巡。那晚，遊覽富士山歸來，我特意提早一站下車，從御徒町站出來，取道僻靜小街信步而歸。途中，兩名站在街邊的女子迎面而來，招手說着簡短的語句，顯然是在跟我搭訕。陌路相逢，生人勿近，善哉善哉。我繞道而過，其中一人跟上來，口中重複着我聽不懂的話。我加快腳步，她愈叫我愈走，三幾步走到通衢處，免得纏擾。

酒店頂樓設有露天浴場，是一個泡澡放鬆的好去處。回到酒店，換上浴袍，趿上拖鞋，悠然享受一番日式泡湯的通脫袒蕩。

此時驀然想到周作人關於東京的文字，似乎也一下子體悟到了他對這個地方的喜愛之情。他在東京只住了六年，但將之視為第二故鄉。他說極喜歡日本的日常生活，留學期間曾特意到未被地震大火燒掉的本鄉區住了兩個月，有時會穿着便服趿着木屐漫步街頭，領略一種安閒的生活。

說來，日本之於一代中國現代作家來說也是他們的思想搖籃，魯迅、郁達夫等等都在這裏受教育，接受新文化的洗禮。有此一念，我的東京之旅似乎也多了一重追懷故人往事的意涵。周作人說，他對於日本的感覺是，「一半是異域，一半卻是古昔」，那古昔即是活現於東瀛的唐代遺風。無獨有偶，郁達夫這個「永遠的旅人」同樣深愛東京，他的筆下更是處處流露對她的眷戀之情。郁氏早年在帝國大學（東京大學的前身）讀經濟學，醉心於文學，平素愛捧着文學書到山腰水畔，看草木蟲魚、白雲碧天，儼然一位超然獨立的隱者。東京大學位於本鄉七丁目，就在上野公園的不忍池畔。郁達夫寓居在大學第二改盛館，他與郭沫若、成仿吾、張資平、田漢等人，組成的新文學團體「創造社」就成立於此。中國新文學的一代健將，在上野一帶留下了太多的足跡，今人不難從他們的作品中找到印證。

一個陰雨綿綿的日子，我撐傘來到上野公園，本擬參觀國立西洋美術館，看莫內（Claude Monet）真跡《睡蓮》（Water Lilies）；再到國立博物館，看書聖王羲之的

《蘭亭序》。不料正逢閉館日，所到之處皆吃閉門羹。無緣親睹心儀已久的鎮館珍藏固然遺憾，然心有所本何愁沒去處？細雨紛紛，漫步公園，倒是平添幾許幽思，移步換景，彷彿與前人展開一場穿越時空的對話，處處都是心靈的風景。

上野公園的櫻花樹始種於德川幕府時代，如今在中央大道兩旁已有上千棵，試想在櫻花盛放的日子，那繽紛長廊該是何等壯觀？我的造訪不得其時，自然看不到粉紅花海的盛景，然魯迅筆下的描述卻浮於腦際，他在〈藤野先生〉中曾形容，上野的櫻花爛漫的時節，望去像緋紅的輕雲，花下缺不了成群結隊的清國留學生。我無從知道當時有多少中國學子負笈於此，但從創造社作家的文字中卻感受到了一種氛圍。郁達夫、張資平的不少作品，都有記錄這一代人在東京的生活點滴。張氏的小說〈木馬〉以留學生活為背景，其中一筆記下同袍在上野櫻花樹下抹鼻涕的劣跡，煞風景之餘也讓人會心，一笑可矣。

我在雨中到東照宮神社轉了一轉，又順小徑往不忍池方向走。在鳥居旁抬頭見到上野精養軒。好一個著名食府，明治時期就是上流社會的聚會場所，據說當年的孫中山就在這裏舉辦革命黨人的大會。我對這段歷史所知有限，不說也罷。不過，「精養軒」三個字，倒讓我不期然想到郁達夫的小說名篇〈銀灰色之死〉。此作寫一個東京漫遊者的形跡，可謂作者自身浪子人生的寫照。故事中的他寓居在不忍池近旁的民居中，過着晨昏顛倒的日子，夜裏到各處酒館喝酒，跟當爐的少女廝混；白天想改過而到圖書館看書，不一會眼前浮現少女笑靨，不自覺又追着幻影而去。這個買醉的年輕人酒後浪跡街頭，不願回到冰冷的寓所，於是慢慢走到上野火車站，因為站內候車室裏有火爐。他在那裏烤火，半睡半醒兩個鐘，待到東北來的火車到達，伴着旅客的腳步走出車站，又在夜色中踽踽而行，直到東方灰白。作者文中寫到同鄉在「精養軒」開會歡迎W氏，有此一筆：「天上飛滿暗灰色的寒雲，北風緊得很，在落葉蕭蕭的樹影裏，他站在上野公園的精養軒的門口，在那裏接客……」

一個多麼神奇的都市，似乎一步一風景，每個地方都能引人思古之幽情。如果周作人他們在這裏邂逅的是故國唐風神韻，我在這裏神遇的是一代現代作家的身影。

其實，能喚起這般記憶的又何止是周氏兄弟或創造社同仁的文字，對日本文學情有獨鍾的我，同樣在川端康成、林芙美子等人的作品中看到不同的舊時風光。川端早年也是就讀東京帝國大學，他有不少遊記散文描述東京名勝，如〈淺草〉、〈上野之春〉等篇章，都直接展示這些地方的風物與人情世態。當我站在國立博物館的柵門外，凝神靜觀時，好像聽到了他的話語——「博物館後院有隻真鶴」。同樣，當我走到東照宮的古老石橋上，又會想到林芙美子的〈初戀〉，故事中的貞子與小說家的初次接觸就在此。

細雨濛濛，上野公園內遊人不多，四處綠蔭蓊鬱，引人無限神思。眼前之景與記憶相化合，構成一道道想像的風景，猶如一幅幅迷離的印象派傑作。我未得一睹莫內的《睡蓮》，然在這裏有別樣的興會，一樣心滿意足甘之如飴。

跨界，走向異域，與一種文化相遇，何止是休閒放鬆，更多的是感悟風景，找回一個不一樣的自己。我在上野駅自我迷失，任性而行，看不同的風光，重享一種無拘無束的自在，似乎找回了〈海闊天空〉的感覺，心頭自然回響着「不羈放縱愛自由」的旋律。

上野駅真是一個奇妙的空間，讓人安閒自在，也讓人發夢，或許就妙在有很多出口，四通八達，通往不同的地方。

二〇二三年六月二十六日

外公的馬尼拉

我沒見過外公，但我知道他的存在。

小時候，我跟外婆住在鄉下。家裏的相框裏，有一張中年男子的照片。外婆說他就是我的外公。我對這個皮膚黑黑的敦實男人沒有什麼特別的感覺，只覺得他在注視着我們。他會定期寄來僑匯，外婆和我都靠外公寄來的錢生活。那時候大人們說到呂宋，都帶着臉上會發光的神色，像後來人們談到香港一樣。長大後讀了一點書，才知道那個時候的菲律賓是亞州僅次於日本的富裕國家，華人在那裏非富則貴。

這幾十年來，我都沒有特別留心外公在這個國家的情況。只是知道我們這個家跟菲律賓的親戚一直有一些聯繫，比如通信、走訪等等，若即若離。大概是這個緣故，我對這個國度倒還保持着一定的關注，一種不需要傾注感情與心力的注視。我的外公是在那裏土生土長，又在那裏終老的華人，然而也是地地道道的菲律賓人。我的血液裏有他的基因，這種血緣的關係自然讓我對那片土地產生某種幽微的情意結。我想，有一天，我會到這個國家走走。

早前，當我和幾位學生茶聚談到暑期的旅行計劃時，我說我會到馬尼拉走走。幾位女同學都很驚訝，怎麼會去菲律賓？他們說到人質事件，說到一個香港人因為被指偷帶毒品被判死刑的事，總之將之視為畏途。

不過，我還是去了，懷着一種血緣的意緒而去。或者說，那是外公這個意象的指引。意象，是的，那只是一個意象，一個心靈影像，有許多不確定的心念在其中。

走出馬尼拉國際機場，竟無一種身處異邦的陌生感，相反有似曾相識的親切與自在。或許在香港已接觸過不少菲律賓人，以及外公的影像已深印在腦中的緣故吧，我對黝黑的南洋面孔同樣有着熟識感。我們下榻在機場附近的一個花園小區，整潔的環境跟香港的大型私家屋苑也別無二致。這些年到那邊尋找商機的中國人多了，處處是中國內地人的面孔，簡體字的「南洋私房菜」霓虹光管廣告顯得格外張揚。當晚我們就到了馬尼拉的金融區馬卡蒂。正是華燈初放的時分，玻璃幕牆的摩天大樓櫛比鱗次，一如曼哈頓暮晚的華廈景觀，難怪馬尼拉被譽為亞洲的紐約。中央大道寬敞整潔，兩旁店鋪燈火通明，一派和樂氣象。徜徉在這綠化購物大道，消閒而輕快，享受到的逛街體驗全然不同於香港銅鑼灣。馬卡蒂的摩登，完全顛覆了我對馬尼拉的印象。後來，我才了解到，亞洲開發銀行的總部就在這裏，而菲律賓近年的經濟增長也相當可觀，正在成為區內新興經濟體。

不過，這不是我想探訪的地方。我開始意識到，自己要找的是一個古老的馬尼拉，是尋常百姓生活的地方，我在不知不覺地追尋一個意象，那就是外公的影子。我明白了，一種不自覺的情意結在指引着我，去尋找祖輩在這裏的足跡。但是，我又到哪裏去探尋他的蹤跡呢？

關於外公，我知道的並不多，最多只是從母親生前的零星話語中去淘得一點記憶碎片，這些碎片並不足以重組出一塊殘缺的地圖。母親的憶述中，最完整的一段是，日本人佔領中國及菲律賓等東亞國家期間，外公回到了福建老家。母親說，她人生中最美好的歲月，就是跟外公在一起的時候。外公是一個樂天的男人，給女兒帶來了一個終生難忘的快樂童年，他會唱歌，會拉二胡，他就像一座山一樣將她高高地托起……戰後，外公又回到了南洋，在這裏討生活，據說是一個活躍在社群中，樂施好善的人。母親說，外公開了一間的士行，自己開車，他會把女兒的相片掛在車玻璃前，有客人上車的時候，他會指着相片對客人說，那是他的漂亮女兒，臉上滿掛着幸福的笑容。我能夠想像到他的模樣，一種南洋人的陽光笑臉。

當我向當地人描述這個情形時，他們告訴我，當年沒有的士，只有吉普尼。我相信母親的說法無誤，她和外婆跟菲律賓的家人一直有聯繫，當然知道外公是從事載客交通服務的，只是她不知道菲律賓的具體情況，便套用香港的經驗說成是的士。經過這一番更正，我的想像相反落到了實處，跟具體的物象聯繫起來了。當我再行走在馬尼拉街頭時，就會特別留意街上那些裝飾得五彩斑爛的吉普尼。雖然已經不可能再有一輛屬於外公的車，但我總覺得要尋找的影子就在其中，那是能夠讓我觸摸到一點歷史陳跡的實物。

為了觸摸到更多的歷史，我特別到馬尼拉的王城區走了一遭。這確實是一個能夠讓時光倒流的古城，處處是西班牙殖民統治時期的古老建築，也留下了日本侵略者與美國人的痕跡。聖地牙哥城堡、黎剎紀念館、馬尼拉大教堂、聖·奧古斯丁教堂等等，都讓人看到一個城市的不同面相與厚重歷史。這是一個神聖與庸常奇妙組合的城市。當我坐在馬尼拉大教堂旁邊的咖啡館，喝着咖啡吃着餐點，看着教堂高矗的鐘樓，領受着靜穆的遐思時，也看到了教堂後牆角不雅的一幕，一個老男人正在旁若無人地撒尿。顯然，那也是這個城市的一種常態。

離開咖啡館，我繼續在城中城的小街里巷中漫無目的地閒逛，路過街邊小攤檔，花二十比索買一瓶鮮榨芒果汁。一口喝下肚，那濃濃的果汁頓時喚醒了所有味蕾，整個消化系統都在貪婪地品味着那一種原汁原味的果香。我敢說，這是世界上最地道的果汁，絕對的鮮榨，而且毫無添加。之前家人提醒過我，不要隨便吃街邊的東西，但此時所有的忠告都像浮雲一樣隨風而散。於是，我一路品嚐起當地的食物，口渴了就買一牙西瓜；見到像皮蛋一樣的煮蛋也買來一嚐，一口咬下才知道那是幾乎快要孵出小雞的蛋。當地人說這種蛋有營養，我也硬着頭皮將它吞落肚了。我就是用這種方式，來感受一個真實的馬尼拉。似乎也只有這樣，才能夠讓我更接近祖輩，了解他們在這裏的生存狀況。

走着走着，來到一座老建築。走進去一看，庭園深深，迴廊樓道，顯然是一座舊時華庭。摸着那烏亮的木梯扶手，以及雕花的窗櫺，我想起了老家的故宅。那個由外公和他的弟弟合資興建的庭院大宅，是我兒時和外婆的居所。雕樑畫棟、青石紅磚、鏤花窗櫺，於今想來簡直是精緻的藝術寶殿。聽長輩說，外公所修建的這座庭園，是當年的老家最富麗的民宅。看着眼前庭院的一樑一柱，懷想舊時的居庭，竟有不知今昔是何年的錯亂感，彷彿看到了外公背着年幼的女兒在家中嬉戲的情景。然而，我外公在這座城市的故居又在哪裏呢？

像許許多多在南洋討生活的男人一樣，外公在馬尼拉還有一個跟當地人結合的家庭，而且兒女成群。聽母親說，她的異母弟妹都發展得很好。一個家庭開枝散葉，有的去了日本、美國，有的則還在馬尼拉。那對於我來說，是另一個故事了，但我會想，如果生活是一座山，那個皮膚黝黑的男人如何肩負起這一切的？換一個思路，我的祖輩是如何遠渡重洋，落腳於這塊土地的？當我追尋起自己的來歷，懷想多少年來走過的人生路，領受着生活的百般況味時，總是不免思及這些無解的疑問，且愧疚於對祖輩漂泊人生的忽視與無知。

這天，我專程跑到馬尼拉的唐人街，遊逛在王彬街頭，吃街邊的糯米糍，看華人的商鋪，無非也是為了沾染一點地氣，勾勒一幅祖輩在這裏打拼時的生活畫面。在回程時，我登上一輛吉普尼，那種在地的感受更為強烈。吉普尼是一種廉宜的交通工具，一程只需八比索的車資，男男女女的乘客緊挨在一起相對而坐。坐在後排的人付車資時，交由前面的人傳遞給司機。司機的找贖同樣以這種方式回傳，分毫不差地傳回各人的手中。我付的是一張二十比索的紙鈔，司機找回零錢時，坐在我對面的一位女生友善地示意這是找給我的。女生對着我微笑，有着菲律賓人的爽朗大方神情。交談起來，知道她是一個大學高年級的學生，正在讀商業管理。雜處在同一車廂中，聲息相應，我好像也成了一個馬尼拉人。再看看司機的背影，我想，我的外公也是這樣的吧？我好像又看到了檔風玻璃前掛着的那像照片，好像又聽到了外公的聲音：這是我的女兒，她生活在中國。

外公，一個只在中國生活了三兩年的菲律賓華人，對中國的了解應該不會有很多，但我知道他對故土並不陌生。他能講流利的閩南話，還會拉二胡，據說常常會在夜深人靜時拉上一段。當我面對馬尼拉灣，面對那絢爛的晚照時，再想到這個黑皮膚的男人時，耳畔彷彿傳來一道幽幽的二胡聲。我不知道那是什麼曲調，但我能從那悠悠的長調中，感受到一個男人心底最深層的聲音，那是他的故園，也是他的鄉關。

二〇一八年七月二十三日

那晚，夜空如此澄淨

我又出差到礦上，還像往常那樣，第一件事就是去看她。

我們不是情侶卻勝似情侶，總喜歡廝混在一起。這一回又是這樣，我呆在她的宿舍裏，等她下班，等她從飯堂裏打飯回來。吃飯、聊天。宿舍太小，只容得下一張床，一張書桌，一張椅子。我們就依偎靠在床上，天南海北地閒聊，好像我們生來就這樣廝守在一起。

夜深了，她說你該過去睡了。她在隔壁給我準備了一間房，那是工會秘書小陳的宿舍。

我過去了，但睡不着，太冷清。

我去敲她的門，我說我還想聊一會，她說夜深了，明天再聊。

她不肯開門。我在外面站，等了很久。

我們隔門相持，無論我怎樣哀求，她都不開。其實算不得哀求，只是苦苦地守着而已。我相信她終究會讓我進去。

終於，門開了一條縫，我擠了進去。

她說，真拿你沒辦法。

我說，睡不着，再聊一會。

我們又坐在小床上，相互依偎在一起。

其實，她也想跟我在一起，但怕別人閒話。她說，別人知道了不好。

我說，等我想睡覺的時候就過去了。

她說，你騙人，每次說話都不算數。

確實，我每次見她，都捨不得離開，總是癡癡纏纏。

長夜漫漫，這一夜該如何度過？

我問，還有人給你寫信嗎？

有呀。

這一次又是誰呀？

你認識的。她說。

誰呀？說來聽聽。我很想知道，誰又對她動心了。礦上的男人，尤其是那些自以為有一點男人魅力的人，都想吃她的肉。

在她的床下，放着一個鞋盒，裏面收藏着那些癩蛤蟆的信，一封又一封，平平展展地放了半盒子。喜歡她的男人真多。我不敢跟那些男人比。我知道我自己的處境。我的家庭、我的宿命，不允許我對她心存幻想，但我們卻好得像一對情侶一樣。我知道很多人都會嫉妒我跟她的關係，但他們都不會把我當回事，我沒有任何的條件跟他們爭。我承認，我是一個沒有資格愛她的人。所以，早早就不抱非分之想。

我感到滿足的是，她對我比誰都好。只有我可以跟她這樣一夜一夜地守在一起。能跟她這樣呆在一起，我已經心滿意足。我不想干預她的選擇，但我還是想知道誰在想她。

葛輝。車隊的司機，外號灰狗。哦，那個高傲的家夥，從來都不把人放在眼裏，原來暗地裏打她的主意。

想看看他的信嗎？

她會把那些男人寫給她的信拿出來跟我一起欣賞，邊看邊嘲笑他們信中的錯別字，或者是肉麻言語。每一次都會給我們帶來那麼多的歡樂，這是在那個貧乏的年代裏，我們倆私下的娛樂，這也是我們之間的小秘密。但每一次看完那些信，我又會有一絲絲的失落。我沒有份參與這個「遊戲」，沒有。我有自知之明。我們之間有一道跨不過的鴻溝。我無法給她帶來幸福。

她拿出鞋盒子，揭開蓋子。裏面的信又多了。面上的一層是灰狗的。這個渾蛋，還寫了不少，但每一封都像在酸菜缸裏醃過的，皺皺巴巴的。原來，他是趁夜深人靜的時候，將信揉成一團扔進二樓的窗口。我們嘻嘻哈哈地讀灰狗的情信。這家夥的字寫得也太醜了，句子也狗屁不通，他把她比作星星月亮，又是陳腔濫調。我好像看到了他搖尾乞憐的樣子。從那以後，他在我眼裏，變成了一條可憐兮兮的狗，無論他的頭昂得多高。看過了他的信，我們又看了機修工譚川給她的信，那也是一個可憐的家夥，但字寫得還不錯。我看看，不想再看了。譚川的父親在城裏做局長，家裏有背景，他有條件得到她。

我想喝點水，站起身來，走到書桌邊，提起水壺，倒了一杯水，喝上幾口，將搪瓷水杯遞給她。這是礦上專用的水杯，上面印了一行鮮紅色的字，抓革命促生產。杯子已掉了一塊瓷，露出一塊傷疤。我覺得自己的心上也有一塊疤，會隱隱作痛。她接過杯子，也喝了一口。我喜歡她這樣，不分彼此。

她收起了信。

我說，我讀書給你聽吧。

好呀！她愛聽我讀書。有一次，我讀長篇小說給她聽。記不得是誰的作品了，只記得是一部西方十九世紀的小說，巴爾扎克？也許吧，那時候我迷他的東西，高老頭之類的。今天我想換換內容，讀一點詩。我背戴望舒的詩給你聽吧？

好！她欣然答應。挪挪身子，依偎進我的懷裏。好香，她的身子散發着少女的體香，淡淡的，讓人心醉。

撐油紙傘，獨自彷徨在悠長，悠長又寂廖的雨巷，我希望逢着一個丁香一樣地結愁怨的姑娘……

我輕柔地背詩，腦子裏卻滿是她的笑容。她有丁香一般的馥郁氣息，卻沒有哀怨的愁緒。她是美的，美得那樣陽光，那樣明潔。

我埋下了頭，吻她的臉頰，吻她的眼……我們緊緊地摟在一起。我的魔手終於不安分起來。但當這魔掌得寸進尺的時候，她牢牢地護住了自己的身子。不行，要等結婚以後！

這是一道無法輕易攻破的防線。

我站起身來，走到窗前，推開窗戶，讓山野裏的夜風吹進屋裏，也吹進我的心胸、滌蕩我的肺腑。夜空多麼高遠純淨呀，幽藍的天幕像天鵝絨一樣柔軟，上面鑲着無數閃閃發光的星星，讓人的心也安寧下來，好像靈魂也淨化了。她也走到窗邊，依在我的身上。我們望星空，輕輕地搖着，像嬰兒在搖籃裏那樣。

我們繼續讀戴望舒吧？

撐着油紙傘，獨自彷徨在悠長，悠長又寂廖的雨巷，我希望飄過一個丁香一樣地結愁怨的姑娘……

我們緊緊地依偎在一起，好像要讓兩個人合為一體，直到被夢的天使俘虜。

等我醒來的時候，才發現我們合衣躺了一晚。

太陽已經很高了，整個礦山都喧鬧起來。

怎麼辦，你這個時候不能出去，會被人看見的。她說，你等我上班去了，再出門。

只好如此了。

她說，我要換一件衣服，你轉過身去。她走到蚊帳後面，好一陣。

她換好了衣物，走出來，我給你打飯去。

她出門去，還把門鎖上了。她怕有人這個時候進她的宿舍。礦上的人都習慣自出自入別人的房間。

一夜沒出門，尿憋得慌。我在屋裏轉了轉，看看有什麼空瓶子，權充尿壺。什麼都沒有。礦上的生活是清苦的，誰都沒有多餘的家什。碗筷都不會多一套，她在外面吃完早餐，才能夠用那個碗再打一份早餐回來。

我走到蚊帳後面，找到一個面盆。就撒在裏面吧，待會再端出去倒掉。裏面有一條花布底褲，應該是她剛換下來的吧？不管這麼多了，先用用面盆再說，我拿起底褲，想把它放到一邊。我手碰上去，又縮回來了。濕透了，怎麼這麼濕？我想你懂是怎麼回事吧？我把面盆放回了原位，等她回來。

我倒在床上，回味昨晚的時光。多麼美好的一個夜晚呀！

直到今天，三十多年過去了，我還深深地記得那個夜晚，天空是那樣的純淨，我們的心也那樣的純淨。現在，每當我想起那段青春的歲月，就會想起我們廝守在一起的那個夜晚。

在我往後的生命中，再也找不到一個夜晚，像這一夜那麼純淨明晰。好像，這一夜已經洗淨了我的靈魂，而且隨歲月的流失，愈加的玲瓏，讓我的心化入了那高遠的星空，直到天宇的深處，而她就在那天幕後面，悄悄地守望我。

我們始終沒能走在一起，但我知道，我們在一起的夜晚已經成了我們生命中共同的記憶。那是只屬於我們倆的秘密，人的一生中，有什麼比這更值得珍惜的記憶呢？又有什麼比那個夜晚更純淨、更天長地久的呢？

二〇一三年二月一日

無邪的年華

真正的友情像陳年的老酒，塵封愈久，味道愈醇。

離開那座邊城十幾個春秋了，許多人和事早已隨着時光的流逝而淡忘，唯有對她的思念與日俱增。無論是在開心的日子裏，還是在失意的時候，此心總是會不經意地想起她。而且，常常會想，如果是她成為我的伴侶，我們的生活會是怎麼樣的呢？

往事不堪回憶，卻又總是歷歷在目，像酸澀的果子，愈嚼愈入味。

高中畢業那年，我和幾百個知識青年一道進入川西南的平川鐵礦當工人。鐵礦名曰「平川」，其實隱沒在崇山峻嶺中。我們是第一批進礦山的工人，肩負的是開山築路的創業工作。我被分配到施工部門，負責監工與保管建材。在這裏，我們相識了。她在設計室當繪圖員，由於活潑好動，人稱「小夥子」。沒多久，「小夥子」就成了少數幾個被大小夥子們追逐的礦花之一。她跟所有的人都有說有笑，對我當然也一樣。

不過，我很快就感覺到，她對我有一份真誠的關愛。我想，這是她大我一歲的緣故。所以，我也把她當姐姐看。另外，由於家庭背景的緣故，我不像其他幹部子弟那樣獲得人事上的照顧，總有幾分自卑感，在許多事情上都不敢與人爭短長。她大概也發現了我的退縮，總是時時站出來替我出頭。有一次，我被幾個粗野的司機刁難，被激得當眾流下淚來。她替我打抱不平，居然約了幾個男孩，半夜裏將他們的車輪都放了氣，搞得幾個司機垂頭喪氣。後來，竟然再沒有司機為難我。她就是這樣一個人。

當然，我和她的關係並不只是一種姐弟式的關照，我們的感情更多的是相互理解、信任，以及由此產生的默契。我們的交往沒有性別的障礙，自然也不會引起任何敏感的猜疑。所以，儘管有許多男人對她有可望不可求的仰慕，我卻對她不存非份之想。正是這個不存非份之想的小男人，享有其他人得不到的「特權」，可以擁有她的「閨房」鑰匙，可以在她躲在蚊帳後換衫時，仍坐在她的床上……

那一年，我十七歲，她十八歲。我們的秘密，就是躲在房間裏，「鑒賞」那些小夥子們寫給她的情書，我們的評語大多是「肉痲」、「狗屁不通」。現在想起當時的情景，我仍然會不由自主地笑起來。她會將每一封情書都展開，平平整整地收在一個鞋盒子裏。其中，寫得最多的是一個大貨車司機，那小夥子是從部隊復員回來的，人長得高大神武，開起車來風馳電掣，非常狂野，對人也非常傲慢，可寫起情書來，卻低三下四，文字又非常的蹩腳。我和她總是一邊讀一邊笑，把他評得一錢不值。有一段時間，這個退伍老兵幾乎是一天一封信，而且是趁夜深人靜的時候，捏成一團扔進她的窗口。白天，我看見他時，總會多看他幾眼。我感到不解的是，為什麼他還是那麼冷傲，一點也看不出他有顆熾烈的心？他不是說他的心快被渴慕的火燒焦了嗎？我真有點可憐他。

我知道沒有人能打動她的芳心。很自然的也不允許自己有任何的雜念來褻瀆我們的感情。

不久，我因為一篇文章被礦部領導看中，被調到礦部辦公室當秘書。巧合的是，她也被調到辦公室打字。從此，我們幾乎日夕相對。我寫稿，她打字，又一塊校對，一齊油印文件，彼此幫助；閒時，便一起練毛筆字、打羽毛球、到野外攝影，好得像一對情侶。但，人人都知道我們不是情侶。

那一年的夏天，我們同住礦部辦公室的頂樓，幾乎晚晚在一起聊天。由於她還要兼顧鐵礦廣播站的工作，所以，我常常在廣播室裏幫她播唱片什麼的。廣播結束後，我們還常常在一起聽音樂。

有一晚，山洪爆發，平時歡快的河川突然變得暴烈起來，洪水如脫繮野馬滾滾奔流。山洪挾帶着巨石，一路發出悶雷般的撞擊聲。這樣的夜晚令人有幾分不安，心頭有一種說不出的煩躁。我們在一起，似乎仍然缺乏一分安全感。她提議到圖書室去偷幾本書來看。於是，我們沿着外牆的屋檐，潛進圖書室。圖書室的藏書都很新，就一本《新婚必讀》因為很詳細地講了一些性知識，被人翻閱得幾乎變成了一朵盛開的花。她說，這是最受歡迎的一本書。我們都笑了，但不敢太放肆，怕被人聽到。我們打着手電，搜索了一番，找到好幾本小說、雜誌，滿載而歸。我們倒在床上，各讀各的書。外面是雨聲和山洪的嘶吼。我們都沒法安心讀自己的書。我說，還是我讀給你聽吧。她轉過身子，與我靠在一起，枕着同一個枕頭，拿着同一本書，她看，我讀，那是別人的愛情故事……

第二天，當我醒來的時候，太陽已經老高，我發現自己仍合衣躺在她的床上。床邊的桌上，放着一碗粥和一個饅頭。這時，她回來了。我說，我該走了。她說，不行，你這時從我的屋裏出去，被人看見怎麼行？我只好留在她的屋裏吃早餐。

這一夜，什麼事也沒發生。我們也都沒當一回事。我想，至少她沒當一回事。不過，從這以後，我們的關係也起了一些變化。我們的心更近了，可是我們在一起的時間反倒少了。我們依然有很多話說，依然彼此關愛着，但卻有一縷神經繃得緊緊的，不能觸動。

冬天來臨的時候，我調回城裏，在地方政府裏任職。她每一次進城，總是會抽時間來看我。每次見面，都有說不完的話題，就好像從沒分開過一樣。我們依然不分彼此，就好像我們戴的手錶一樣，她戴的是我的上海牌，我戴的是她的孔雀牌。兩塊手錶如同無言的見證，無言的誓約，也像永遠打不破的緘默，永遠不能褻瀆的純真。我們之間隔着一張誰也不願去捅破的紙。

後來，我通過成人高考，進入幹部學院，命運竟然將我們安排在另一個城市相聚。她入了黨，進入黨校大專班。我們在一起的時間並不多。她依然不乏裙下之臣，我則選擇了青梅竹馬的鄰家女作自己生命中的另一半。我們若即若離地交往着，但已失去了往昔那一分自然，在彼此的吸引中又保持着一定的距離。

有一天，她約我出去，我們在一間旅店裏見面，她拿來了一個生日蛋糕，我才想起這是我的日子。這是我第一次享用生日蛋糕。已記不得那一年我多少歲了，但我記得這個生日。

這次生日約會，成了我們感情旅途上的最後一道饗宴，那好像意味着向我們的過去告別。

很多年後，一個好友告訴我：「她一直在等你，等你回到她的身邊，等你向她表白。」我對這句話並不感到意外，但還是深受感動。一切都已經成了過去，我已經有了自己的歸宿，再說，我根本跨不過世俗的鴻溝。

不過，我終於真正相信，她不在乎我的身分——一個勞改犯人的兒子，人們避之則吉，有什麼權利去愛以及被愛？雖然，我憑着自己的努力，靠個人的實力，活得還有尊嚴。但，那身份畢竟如同揮之不去的魔咒，時時在約束着我，令我抬不起頭做人。只有她，給了我人世間最真誠的友情，也使我增添許多信心。

我感激她，但也知道，我配不上她。

多少年過去了，隨着時光的磨蝕，我愈來愈清楚這段友情的內核——像一塊堅貞的鑽石，晶瑩剔透、純潔無瑕。也只有到今天，才知道那一段情愛得多麼深厚。如今，一想起她，此心仍隱隱揪痛。

一顆多麼酸澀的青果呀，變成了我無藥可治的頑疾。然而，就算這愛的頑疾會愈來愈嚴重，折磨我終生，我也甘願承受。

二〇〇一年一月六日

玻璃花

朋友從那座小城來，談到許許多多的人，說到許許多多的事。

他無意中說，她還沒有結婚。

我故意表現得不太在意。可是，這顆心卻再也無法平靜下來。

朋友談興仍濃，那話語卻如耳畔流過的風一般，變得零零碎碎。我杯中的酒，也不再那麼香醇。

我恨她嗎？是的。但是，我更愛她，而且永遠永遠。我從來沒有得到過她——哪怕是一個吻。

那就是我的初戀，但是，別人都不知道那純粹是一廂情願，我的一片痴情並沒有得到任何的回報。

我們也曾在別人的安排下，約會長談，甚至共處一室，不過，那一夜什麼事也沒發生。對於一個男人來說，這樣的結局是令人沮喪的，也是可悲的。可是，我依然相信，精誠所致，金石為開，所以，依然一往情深、鍥而不捨地追求。

她對我的表白始終無動於衷。是她的容貌給了她自矜的本錢？她雖然沒有傾城之貌，在她就讀的學校裏，也稱得上一朵校花。是她的家庭環境使她自卑而失去戀愛的信心？我早就聽人說，她生活在一個貧困之家，父親早逝，母親在一間食品廠做雜工。

我始終沒找到被她拒絕的原因。

有一天，我走遍了那座小城，才在一個叫馬水河的城郊找到那一幢沒有門牌號的舊碾房。河溝已經乾涸，那座碾房也不再有石磨「隆隆」的聲響。我踏過一條野草覆蓋的小徑，越過傾頹的院牆，輕扣兩下門扉，寂然無聲，屋裏沒有人。

我圍着這座殘破的舊碾房，轉悠了一圈又一圈，像在欣賞着一座古堡。它的牆身是由附近鹽廠燒結的炭渣築成，又不曾髹過外牆，滿目瘡痍；牆身也已傾斜，顯得搖搖欲墜。院內卻整整潔潔，柴草井井有秩地排在屋檐下，雞籠裏一隻母雞「咕咕」

地叫着，像農家小院般恬然安靜。

我在院子裏幾乎等了一個下午，她終於回來了。看見我，她一點也不驚訝。

她將我帶進家裏。

儘管我對她的家境已有心理準備，但是屋內一貧如洗的景況仍令我驚訝。兩張陳舊的木床，一張簡易的靠椅；兩張床中間放着一口舊木箱，既當桌子又當床頭櫃……除此之外，再也沒有任何稱得上傢俬的陳設。一個沒有任何色彩的家，真可謂家徒四壁。許是沒有任何奢侈陳設的緣故，那木箱上放置的一個玻璃水晶球顯得格外耀眼悦目。那玻璃水晶球內鐫刻一朵盛放的花，色彩斑斕、艷麗，格外趣緻可愛。一朵永遠怒放、永不凋謝的玻璃花，為這寒舍增添了一絲生機，也給人帶來一份難以言喻的驚喜。倘是在別的地方見到這樣一個玻璃球，相信誰也不會對它產生興趣，然而，在這寒舍裏，它卻像真的琥珀瑪瑙一般，格外令人珍惜。

一朵令人難忘的玻璃花。

我們默默對坐着，彼此都找不到可以打開話題的言語。三兩句的對答，使屋內的氣氛更加的凝滯。我們之間似乎突然築起了一道無法逾越的心靈障礙。

她終於打破了沉默，說，你走吧，你走吧！

我想問：為什麼？為什麼……

但是，口中什麼話也說不出來，我突然感覺到，我沒法得到她的心。

我怏然離開她的家，那座殘破的舊碾房。

我說不清自己當時的感受。十多年過去了，我仍然不明白，為什麼她對我毫無感覺。也許，在感情的世界裏，真的沒有強扭的瓜。冥冥中自有主宰，一切安排都由不得人。

我雖然知難而退，離開了她，但是，我的心卻一直追隨着她。

沒多久，她畢業了，被分配到一個小縣城實習。很快，有人告訴我，她正同一個男實習生相戀。

我心裏的滋味當然不好受，但還是接受了這個事實。再後來，別人說，她被那個男人拋棄了，患了臆病。很長一段時間都瘋瘋癲癲。她為那個男人打了兩次胎，結果還是留不住他的心……

關於她的傳聞，時時傳入我的耳裏，而且，每一次都像針一般刺痛我的心。受那男人踐踏的，不只是她，還有我。挫敗感、沮喪、失望、妒嫉……像烈焰一般熾烤着我的靈魂。

多少年來，我一直將那段初戀時光珍藏在心底。在我的心中，她就像那朵永開不敗的玻璃花，她的容顏永遠都那麼嬌艷迷人。

記憶中，那座碾房的門扉已被歲月的風雨洗刷得發白，露出了木胎，然而，她那歉然一笑又黯然關上門的神情，並沒有因愛與恨的浸蝕而變得模糊。

雖然，雖然我們已遠隔千山萬水，我還是要遙寄一聲：珍重。

活在夢與醒的邊緣——與一個交際女的一次通話

電話鈴聲。

小蔡嗎？一個熟悉的聲音。我以為是老同事蕭女士，隨口應道，你好。

我是阿麗呀。對方知道我沒聽出她的聲音，特別補了一句。

阿麗？高雄的阿麗！你怎麼又回來了。我很意外。

是呀，我又回來了。語調低沉。

來多久？

不回去了，我已找了一份工，代理意大利時裝批發。她說。

怎麼回事？你不是回去結婚的嗎？

完了，徹底完了……一陣沉默。

我握着話筒，不知道該說什麼。一年前，她跟我談起那個海員時的情態，是那麼興奮，她說，我真正找到了一個愛我的男人。沒多久，她就跟着他回台灣去了。去年聖誕節，她給我寄來一張賀咭，附言中說，她過得很充實，很幸福。她還邀請我到高雄去作客。我認為她真正找到了自己的歸宿，也暗暗替她感到欣慰。

沒有挽回的餘地嗎？我問了一個很蠢的問題。

沒有，沒有，我真傻……一陣顫音，接着是一陣嗚咽。

我第一次聽到她的哭聲。

她泣訴着說，我以為這次一定是真的，而且已經開始編織新的夢想，把自己將來的命運都完全與他聯繫在一起了，誰知道又是一場夢……泣不成聲。

我問，到底是什麼原因導致你們分手？

她說，他又回到海上去了。在我與海之間，他還是選擇了海。我們的追求完全不同，我只是希望有一個安安穩穩的家，做一個完完全全的妻子。他卻不一樣，永遠屬於大海，四海為家。雖然他對我也很好，心卻沒有交給我。所以，婚後才半年，他又回到船上去，飄洋過海。三個月前，他回到家中，我們突然變得很陌生，無話可說。就這樣，我們又分手了。

她又沉默片刻，說我們之間誰也沒有欺騙誰，只不過是又一次選擇錯誤。但是，這個錯誤的代價太大太大，傷害也比前兩次更大。第一次婚姻失敗，我才三十歲，卻沒有失去大好的青春；第二次婚姻失敗，那是因為那個男人沒有將我當成人，我離開他一點也不感到痛苦，相反倒是解脫。這一次，實在不同，他是一個很好的男人，對我並不壞……可是最終還是失敗收場。上天又欺騙了我一次。

一番傾訴、一陣哭泣之後，她的心情平靜下來。她說，對不起，一打電話給你，就讓你受困擾。

別見外。我習慣聆聽別人的心底話，雖然並不擅於開解人。

她問，有什麼新作嗎？一年沒讀過你的文章了。

我說，你現在讀我的文章，一定會覺得索然無味。我倒想讀讀你的。

你不是已經讀了嗎？

我們都笑了。我就喜歡她這種至情至性的性情。

認識她，也算是一個緣分。大概是三年前吧，在銅鑼灣富豪酒店的一個雞尾酒會上，朋友介紹我們相識。那是一個寫作人聚會的場合，所以，我也把她當成搞創作的人，冒冒失失地問她都在什麼地方發表作品。她說，蘭桂坊，不過，不是《星島》的「蘭桂坊」，是中環的蘭桂坊。我不理解。她笑道，我可不是寫作人，我只是被人閱讀。

後來，我從朋友那裏了解到她真正的身分。我不敢相信，像她這樣一個氣質優雅的女人，竟會淪落風塵。老實說，她的身上沒有半點風塵味，相反倒有白領麗人的風韻。她的談吐、見識乃至學識，都沒法讓人將她與一般人眼中的交際花聯繫在一起。

然而，現實就是這樣，很多真實的事情都沒法找到一個合理的解釋。這個世界，並沒有邏輯可言。

相識以後，她經常打電話給我，偶爾我也會和她在酒吧「摸酒杯底」，海闊天空閒聊。她讀我的文章，我聽她的故事。儘管我知道她的身分，卻不曾刻意迴避她。久而久之，我和她成了無話不說的朋友，因為，我們之間的關係，不存在金錢與肉體的交易。我對她的經歷知道得愈多，也就愈理解她。我從來沒有問過她為什麼會走上那麼一條路。

有一次，她對我說，你知道嗎，我跟第二個男人一起生活了六年，又為他生了一個兒子，最終還是沒得到一個好的結果。真是早知今日，何必當初呀。其實，最初，我哥哥一直都阻止我跟他來往，不准我嫁給他。我不聽，從洛杉磯跑回高雄去，死心塌地跟着他……

以她的條件，其實應該有一個更好的選擇，無論是職業，還是婚姻。所以，我幾次試圖勸她重新開始，我說，你讀過那麼多書，又講得一口流利英語，應該有很多的路可走。

她說，應該的事太多，只有你們這類人才有這麼天真。我要養活自己，還要想辦法將孩子要回來……如果有更好的選擇，誰願意往火坑裏跳？男人，根本就靠不住……

過了一段時間，我在蘭桂坊的一間酒吧遇到她。她告訴我，她又認識了一個好男人——那個海員，她打算跟他結婚。她對我說，她有一個感覺，這次一定是一生一世的了。

我問她，你怎麼突然又產生結婚的念頭？

她望着我手中的酒，反問我，你喝的GIN，為什麼要加TONIC WATER？

我明白她的意思。我不過是對她突然愛得頭腦發脹而感憂慮。莫非愛情之火燃燒起來的時候，總是令人盲目？愛這回事，總是沒有一個標準的答案，也許她是對的。

那個晚上，她喝了很多酒，臉上泛着紅暈，那與其說是酒力的效應，倒不如說是沉醉於愛的熱望之中所煥發出的光采。

三個月後，她回到高雄去……

結果……

也許，她說得對，男人，沒有靠得住的男人。

……

喂，喂，你在聽我說話嗎？

她的聲音將我從沉思中喚醒。

她說，我一直都活在夢的邊緣，似醒還迷。

可不是嗎？不過，我還是希望她有醒來的一天。而且，希望她再有機會回高雄去。

她笑着說，可別再這麼說。老實說，現在，我還真怕再回到高雄機場。你看，每一次去的時候，那就是一個起點，回來的時候，就是一個句號。也許，我命中注定要承受一次又一次的打擊。

不用太悲觀，緣分沒到而已。

她說，我已經沒有多少時光可以等待下去了。其實，我已經想通了，我現在只想為自己營造一個家。你知道嗎，我這次回來，就準備買一間房，安一個像樣的家，然後把孩子要回來。男人，對於我來說，已經可有可無。

打算喝不加水的GIN嗎？

她語塞……

聽筒裏又傳來一陣哽咽聲。

對不起。我是無心的。

她說，我這一生原本就是一杯不加水的GIN，太辛太澀，這大概是命吧。

不說這些了，她轉過話題，道，有時間陪我去看樓嗎？

當然。

那好吧，我再CALL你。

再見。

隔洋的話題

「嘟、嘟、嘟……」茶几上的電話鈴響了起來。

「喂，搵邊位？」我操起話筒，用廣東話問了一句。

對方遲疑了一下，才用很純正的國語說：「我找秀蓉。」

聲音很陌生，我一時無法判斷對方是誰。因為我太太在外面沒有多少朋友，找她的電話一向很少。於是又問道：「你是……？」

「我是雪梅的妹妹。」

「哦，哦，你是……」我一時說不出對方的名字，但在我的眼前卻浮現出一個個子不高，臉蛋圓圓的女孩的影像。「你是在美國，還是在香港？」電話聲音很清晰，像市內電話，感覺距離很近。

「我在美國。我姐姐把你們的電話和地址告訴我了，我就想給秀蓉打個電話。」

到這時，我才想起她的名字——凌雲。

「真不巧，秀蓉還沒下班，有啥事同我說吧。」接着，我又補了一句：「你還會不會講四川話？」

她說：「當然會啦。」

我說：「用四川話說吧。」同來自同一鄉土的人，不用母語交談，心裏總覺不是味道。

她頓了頓，似乎一時說不出來。不過，終於還是說出來了。很奇怪，一致用四川話，先前的審慎、客套竟消逝了，話題也打開，而且一講就是二十分鐘。如果不是擔心她會付很大一筆電話費，我是不會讓她收線的。

這本是一個很普通的電話，似不值得如此鋪張一番。唯一讓我不厭其煩地贅述的理由，卻是關於鹽源的話題了。

我和她可以說到香港、說到紐約，說到房子，說到鈔票，但是，總是不出兩句，又說到了鹽源——說到那個邊遠的小山溝。

她說：他們（自然是指大洋彼岸的人）問我從哪裏來，我說，鹽源，一個小山溝。他們都不信，說是為什麼地圖上找不到。

當然找不到了。我們一踏出國門，只能同許多人一樣展開一幅世界地圖。因為我們面對的是一個本不該有國界、不該有國家的世界。不說美國人對中國的神秘感了，就連許多香港人對大陸也是很模糊的。當有香港人知道我來自四川時，他們頂多也就是說：「四川。成都。辣椒？」或者再說一句：「很窮的地方？」像小學生學常識，你沒法再向他說什麼。

所以，我敢想像，當凌雲的先生同她說起鹽源時，發音一定很怪——Yan Yuan，說完一直搖頭。不過，這也沒什麼，他有機會去看一看，說不定會發現許多我們不曾注意到的。

凌雲又問我：「鹽源有沒有什麼變化？」

怎麼說呢？我知道的也不比她多。農業文明的時空，傳統的價值觀念；時光是悠悠的、凝滯的，生活是懶懶的、寫意的；有幾分寂寞，卻也有幾分超然，幾十年如一日，應該不會忽然變得我們都不認識了吧？

這時候，我的兒子叫了一聲。她在電話中問：「是你的兒子吧，叫什麼名字？」

我說：「叫恆恆，都一歲半了。」

她驚訝：「哇！都一歲半了，好快！」

是的，日月如梭，稍一不慎，一切都成了過去。其實，在我的感覺中，我們好像昨天還在白鹽井的街頭見過面，不是在雙柵子，就是在牛車路。哪想到，不經意的擦臂而過，竟各自消逝在東西兩半球。若不是這隔洋的電話，實在不會想到這如晝夜交替般的人生變化。

幸好，我們都能夠找到自己的座標，不管走到哪裏，心都不會迷失。我們雖然在世界地圖上找不到這個站，但是，心靈的指標卻總是指向那裏——鹽源。

她問：「你有沒有回去過？」

我說「沒有。」

她又問：「不想嗎？」

沒有理由不想。只不過我們剛剛涉足一個全新的生活環境，需要時間和精力去開拓新的生活領域，需要暫時忘掉，拋棄過去的一切，從零開始。這就像一個剛剛降生的嬰兒，他不該眷戀母體，只有適應新的生存方式，才能成長。但是，我決不會忘記那個曾經濡養過我的地方，忘不了她深情的目光、乾癟的乳房，更忘不了她哺育的白鹽井人。雖然她很貧窮，甚至很醜陋，不如別的母親雍容華貴。

我不管走到哪裏，都有一條割不斷的臍帶，聯繫着那一方的山山水水，更何況我青春的履歷就寫在白鹽井。隨着凌雲的這聲「不想嗎」，記憶在我心底復蘇。把我引入白鹽井的春夜，重讀生命中忘不了的戀情，重溫雨夜小傘下的親暱，重享星夜樹蔭下的纏綿……我想，只要喝過白鹽井的水，吃過白鹽井的鹽的人，都會帶去一個濃濃釅釅的夢。而且，每當他一回首，都有一個盈盈婷立的伊人在夢中微笑。

其實，我同白鹽井一樣曠達，只在乎曾經擁有，不在乎天長地久。但願那久違的山山水水和故人，不會說我負心薄情，天地如此廣闊，又何必在籬笆小院長久廝守？只要告別不意味背叛，分離也決不是遺棄。有一天，我們終會再見。

所以，我反問她：「你呢？」

她十分肯定地說：「我要回去。哪怕我的爸爸媽媽，我的親人不在那裏了，我都要回去看看——我是從那裏來的！」

不用說，這是一個不需要任何理由的願望。這是中國人苦苦的中國心吧——無論走到那裏，故土都不會失去固有的引力！

她繼續說：「可惜我打了幾次電話都掛不通。那裏的電話太難掛了，不像你這裏一撥就通了。」她的語氣裏似乎有幾分苦澀，幾分無奈。

不奇怪的，白鹽井太偏僻、太遙遠，IDD 通不到那裏。我不也總在盼着從白鹽井來的信？苦苦地等，苦苦地盼，苦苦地期待，但又沒有一個明確的因由。其實，那份迫切，僅僅一個皺巴巴的牛皮紙信封就可以滿足的。但是，就連這小小的奢望也總不易滿足。有時，我真懷疑白鹽井消失了，消失在世界的另一個角落了。

凌雲問：「你那裏這時是什麼時間？」

我說：「下午八點二十分。你那裏呢？」

也是八點二十，是早上，我剛起床。

都是八點二十，卻相差整整一個對時，好在有現代資訊可以把這差異變得毫無意義。但是，我們又憑什麼去跨越和白鹽井之間那時間和空間的距離呢？——小小環球裏，我那遙遠的故里啊！

晚上，太太下班回來，我說凌雲來過電話。

她問都說了些什麼。我說還能有什麼呢。

她說：「你有沒有問她還想不想吃涼粉？白鹽井的涼粉她最喜歡吃了，吃得嘘呀嘘的……」

是呀，為什麼就忘了呢？

她來自北京

她講自己的事，就像在講別人的故事。

她說，前一陣子，講這些事的時候，就一直掉淚。別人都說，沒想到你會吃那麼多苦頭。

今天晚上，她沒有流淚，甚至連激動的表情都沒有。她說，她已經把那些事情看得很淡很淡。

在餐廳的一角，她喝着檸檬茶，我喝着咖啡，又望着街上來來去去的車輛。

她說：「我同他分居已經一年多了，你知道嗎？」

我當然知道。她現在租住的那間房子，是我找「V8地產」的李小姐幫她介紹的。她獨自一人出來租房，自然是同他分居了。再說，好幾次在電話中，我都問過她的住房問題。她說房東對她很不好，干涉她的私事，經常切斷她的電話，而且試圖從掛電話的人口中探出她的隱私。

那個房東確實心術不那麼正。今天晚上，我打電話找她，房東說她出門了。我只好 call 她的機，結果她在家裏。好歹我沒上那傢伙的當。

她說：「他最近找人打電話給我，要我再給他一個機會。不可能了。我已經忍了一年，在那一年裏，我給了他很多機會，也給我自己很多耐性。我想，只要能維持得下去，哪怕過得平淡一些，也無所謂，可是他太沒出息，太懦弱無能，他沒有主見，完全聽他父親的。他每個月的收入，都如數交給他父親。他父親很卑鄙，什麼事也不做，每個月就靠他那點收入……」

她喝了一口水。

我問她要不要加糖，她說：「不要，我現在正在減肥，去年那件紫羅蘭色的套裝已經不能穿了，今年所有的衣服都重新買。」她現在穿得很新潮，今天穿的一身都是今夏流行的款式。看上去，她比一年前洋氣多了，而且身上已看不出大陸女子的痕跡。

她說：「你知道嗎，我來香港的第六天，他就打我。」

為什麼？我問。

「因為我不同他父親上街，像什麼話，媳婦同公公逛街？那晚上，他被他父親攆到他叔叔家去睡。我將自己反鎖在房間裏，第一次感到恐懼。你想，在北京的時候，我皺一下眉，我母親都會緊張得不得了。從小到大，我沒受過這樣的對待。我家裏有小保姆，換下衣服，她就會拿去洗；想喝水，她就會端來。來了香港，我天天回家煮飯，什麼都做。你想，我父母都是高級知識份子，父親退休前是科學院研究所所長，我自己好歹也是個大學生，在北京住的房子，一套五間……哦，我這裏有照片……」

她拿起放在椅側的那個棕色手袋。手袋是意大利的名牌，時下響亮的牌子，至少上千元一個。

她拿出幾張照片，向我介紹道：「這是我父親，這是我母親，我的房間，不錯吧？在北京的時候，我的同學都到我家來，我家都成沙龍了。到了他家，我變得像女傭一樣，我不能忍受那種生活，我叫他搬出來，可是過兩天，他就變卦了。他有十幾萬存款，如果當時我們買一層樓，是完全可以的。可是，他說要同他父親一起住。同他父親一起住，買樓幹嘛？他太沒主見了，什麼都聽他父親的。我不能忍受那種生活，總之，有他父親就沒有我。盡孝道是有一定限度的，你說是吧？」

我想，她作為一個九十年代的中國大學生，確實很難同一個滿腦子鄉土意識的福建老人融洽相處。我知道福建鄉下女人在家庭中的地位，所以我理解她當時的處境。

她說：「我恨福建人，福建人很壞。你覺得呢？」

我怎麼說呢？我也是福建人。

她說：你例外，你在四川生活了那麼多年，你不算福建人。

其實，從一開始，她的婚姻就是錯誤的。她不該嫁給那個大她近二十歲的印尼歸僑。以她的姿色，相信在北京亦不乏追求者。記得一年前，公司裏一些人私下議論過她的事，我從旁略有耳聞。她們說，她為了來香港，嫁給一個又矮又瘦的窮小子。有人搖頭道，用自己的青春換取出國的通行證，也只有她這樣的女人才做得出來。

有人說，這種女人才是最聰明的女人，懂得用自己的身體去換取自己想得到的東西。

……

這些議論並不影響我對她的印象。事實上，她這人確實很能幹，做事的效率特別高。所以，我曾幾次勸她到商場上去一展所長。一年前，她跳槽到一家進出口公司。成績怎樣，看她今天這一身「包裝」就知道。她現在混得比我這個「老香港」還好。

她說，我不後悔嫁給他，雖然當初我的父母與同學都極力反對。現在，我要離開他，也沒有誰能阻撓。

我相信她會重新開始，會有個好的歸宿。她的面相不錯，富富泰泰的。我說她中年必能富貴，不過下一次一定要選擇有事業基礎的。她笑了，笑得很開心。她笑的時候，更添幾分嫵媚。

她問我：「我的臉色是不是比一年前好多了？」確實，一年前的她，氣色很差。

記得她要離開我們那家公司的時候，我在康山花園的「韓國餐館」為她餞行。這家餐館有一道招牌菜是「燉牛尾」，我要為她要一份，她說她在吃中藥，什麼都吃不下，結果，她只要了一碗粥。

她說：「我當時為什麼急着要離開那家公司呢？我不想讓別人都知道我的事，再說我也需要更多的錢來養活我自己。」

現在，在她的生活圈中，她恢復單身女人的身分，她可以重新接受男人的追求。但是，為了這個生活的新起點，她幾乎將自己毀滅了一次。

她說：「我現在愈來愈體會到你當初那句話的含義了。」

我不記得向她說過一句什麼話。

她說：「你說每一個新移民都是懷着浮華夢踏過羅湖橋的，但是，當他一踏足香港，便知道這裏是一個生活的煉獄，充滿了痛苦與壓力。這裏的生活似乎要將每一個人都重新塑造過。真的，我發覺自己完全從過去的生活與心態中蛻變出來了。上個月，我回北京，見過一些同學和舊同事，我幾乎沒法同他們溝通。他們眼中的香港仍是海市蜃樓，而我心目中的香港，怎麼說呢？……」她露出一絲略帶苦味的淺笑。

沒辦法形容的生活，只有身處其間的人才能體會到它的滋味。世界觀變了，生活方式變了，對生活的承受能力增加了……這些言辭都不足以形容我們這些新移民之於現在與過去的差別。

她說，我現在特別喜歡讀那些將生活描寫得很沉重的作品，而那些寫得很浪漫輕浮的愛情故事總覺得沒味。

我說，還是不加糖的檸檬有味道。

她說：我把過去的一切當成一個夢，現在夢醒了。

我為她回到生活的堅實土地上而感慶幸，當然也暗中祝願她有個好的歸宿。

天涯共此時

太古城，大家樂快餐店。

一個年輕人用國語問：「套餐有沒有飯？」女侍應不會聽國語，一臉茫然。

講國語的年輕人又說：「飯，米，RICE，RICE……」

女侍應仍一臉茫然。

一個廣東人用粵語說：「飯，問你有沒有飯。」

女侍應終於明白了。

取飯的時候，我同那個講國語的年輕人站在一起。我問他：「是大陸來的嗎？」

他說：「不，從台灣來的。」

我仍沒把他當成台灣人，而認為他是到台灣訪問歸來的大陸學人，或海外學子途經台灣返國。

不料，他仍強調自己是台灣人。

他的衣着、模樣，以及他的口音，都沒有台灣味。

我說：「我以為你是北方人。」

「我是北方人，是台灣的北方」。他敏捷地答道。

我們很自然地坐在同一張桌。

我問：「來香港出差，還是旅遊」？

「出差。」小夥子長得眉清目秀，文質彬彬，看上去一副機靈相。

「第一次來香港？」

「是的」。

「香港和台灣比較，有什麼不同？」在我心目中，台灣人對香港可能不會有什麼特別的感覺。

「香港很好，很洋化，很繁華。台北亂糟糟的，很亂，空氣很污濁。」他對香港的印象特別好，並列舉了若干好處：「香港交通很方便，空氣也很清新，到處都很乾淨。」

我眼中的香港可不是這樣的。我說：「其實，香港的空氣是很污濁的，又很嘈雜。」

「不，不，台北比不上香港，很亂。」他的話匣子打開了，對我這個陌生人也沒有什麼警戒感了。

我說：「可能是你住在台北太久，對它的亂認識特別深。如果你在香港多住一段時間，你也會發現香港的情況同樣很糟。」

他沒反對我的說法，只是說：「香港同台北不一樣，這裏的人與人之間好像有一種隔膜」。他的手在桌上劃了一下，表示界限。

「冷漠，這裏的人都很冷漠，缺乏一種交流。在同一機構裏工作，同事之間也缺乏比較親密的私情。」

我說：「到過台灣和香港的大陸人都說，台灣像大陸的南方，對它有一種親切感，而香港就不會給人這種感覺。這地方受西方文化影響太深，像一塊從歐洲飛來的土地。」

他不反對我的說法，他說：「這裏很繁榮，很洋氣，台灣人都不行，很土，目光淺，不像香港人那麼有見識，他們的視野很廣，很靈活。台灣人倒像個暴發戶，土頭土腦的。」

我們談得很投機，於是，我給了他一張名片，他也從口袋裏摸出一張。他把名片往桌上一扔，大大咧咧的，像個大陸人。我有些詫異。在香港人眼裏，這是很不禮貌的表現。但是，也許我骨子裏仍是個大陸人的緣故，我同樣接受這種方式。

「袁德銘，工程師，專案工程師。」原來他是搞電訊的。這次出差香港，就是同LCC合作搞一個項目。

他知道我是幹報紙的，說：「你的中文一定很好。」

「除此之外，別無能耐，也別無選擇，只好在文化圈混日子。濫竽充數吧。」我說：「台灣的報紙辦得挺好的。」

「我沒看過香港的報紙，不過台灣的報紙……」他做出一副不置可否的表情，似乎不同意我的說法。

我說：「我看過台灣的《聯合報》、《中國時報》都辦得挺好，副刊特別好。」

他笑笑，說：「就這兩份報紙，當然要辦好，台灣報紙的副刊近幾年確實辦得很活。不過，香港的電影好，頂呱呱的，台灣的不行。」

我說：「有人說，香港的影視好，台灣的報刊好。」

他說：「我讀書的時候還看看報紙的副刊，文藝的東西，現在不看了。」

我說：「出了社會，往往是這樣的。」

「變得很俗氣了。」

「也不是，在社會上見識多了，對太文藝化的東西相反不能接受，可能文人大都與現代生活脫節，只會吟風弄月的緣故。」

我們的話題扯到台灣的作家上，我一向喜歡黃春明、王禎和的小說和余光中的詩。他對這些作家都很陌生，表示不知道，他提了一些他知道的作家，我又搖頭，我對台灣文學的認識，是來香港以後的事。

他說他接觸大陸的書也沒幾年。他說，他讀大學的時候，開始有些大陸書流入台灣，他悄悄買了些回去讀，他讀過《圍城》，讀過阿城。

說到這裏，我突然想起台獨的問題，於是問道：「台獨有沒有市場？」

「沒有！」他斷然搖搖頭，道：「不可能，台灣有一百億美元都流向了大陸，那些人不可能眼看着自己的錢化為烏有。其實，台灣的大陸人對內地是很有感情的。」

他是上海人，不過他從來沒回過上海。

他問我：「你對香港的『九七』是怎看的？」

「我還是挺有信心的，香港是一隻會生金蛋的雞，政府不可能殺了這隻雞。再說，現在國內本身都在向市場經濟發展，香港作為一個現成的樣板，一個溝通中西的媒介，不可能讓它垮下去。」我說。

他附和道：「上海都要建設起來，有什麼理由把香港搞爛呢？」

說到上海，我們又談起大陸來。他問，「現在大陸的情況怎麼樣？」

「單從社會生活來看，可以說也是很亂，舊有的價值觀、道德觀逐漸消失，新的價值體系、道德體系又沒建立起來，人人都向錢看，變得很瘋狂。不像香港這種社會，有百多年資本主義的歷史，一切價值體系都是資本主義的，社會處於有序的受控制的狀態，社會以及每個人都在固有的價值坐標系內活動。」

他說，其實台灣人也像大陸人一樣，很瘋狂地搶錢，你搶我的，我壓你的。深圳的股市亂象其實還不如台灣早期的情形，今天的大陸和昨天的台灣很相似。台灣人很瘋狂，眼裏只有錢。

在我心目中，台灣也是個很繁榮的地方，但對它的實際情況並不甚瞭解。我說，「沒來香港之前，我對港台兩地的印象是黑暗的，甚至認為這兩個地方都昏天黑地，暗無天日。來了香港以後，發覺香港的天很明朗，人也很斯文高雅。所以，漸漸地也改變了對台灣的印象。」

他說：「我也一樣，老覺得大陸的天是黑的。」

我問：「你對大陸人會不會有一種戒心？」

「以前會，現在不會了，但是對大陸的印象還是沒變，老覺得它的天很暗。」他笑着說。

我說：「你該親自到大陸走走，才能改變這種印象。」

「其實，兩岸的社會有很多相似之處，講究人際關係，這些都是一致的，兩岸根本分不開。現在那麼多人到大陸投資，也是憑着這種親緣。」

確實，就像我和他的相識一樣，雖然素昧平生，卻不覺陌生，更沒有什麼障礙阻擋我們的交流。相反倒像一對邂逅的朋友，對彼此的情況都不乏興趣。

如果不是因為我趕着上班，我們還不知要聊到幾時。

分手時，他說：「認識你真是一個緣分。」

是的，這是兩岸緣使我們相識，希望這種緣分使所有的兩岸人民都彼此認識，沒有戒心，沒有猜忌。

渴望擁泡那輪明月

來香港好些年了，沒有好好看過月亮，也沒有好好看過天上的星星。

每晚踏着夜色回家的時候，不是乘巴士，就是搭地鐵，眼前晃過的莫不是五彩斑斕的霓虹燈廣告。車過灣仔、銅鑼灣，處處人流，處處車龍，人彷彿置身於工廠的流水線上，不知在哪一道工序停下，被裝配，又被送上流水線。腦子裏常常一片空白，像一個沒有思想的零件。

今晚，坐在電車上，猛一抬頭，見正前方的天幕掛着一輪灰濛濛的圓月，就像遇到一個久別的故人一般，我為這意外的邂逅而驚喜莫名。多年不見的老月，我知道她還是我所認識的那輪皎月。不過，她變得憔悴多了，臉蛋失去了昔日姿色。

十年前，她可不是這樣的。

在白鹽井，在那個寧謐的夜晚。野外，滿天繁星。我和未婚妻坐在月亮塘邊，享受着秋夜的安謐、寧靜。一輪圓月高高地掛在中天，夜空幽藍幽藍，像水洗過的一般。未婚妻看着說：「你看月亮離我們好近，裏面還有一棵樹。」我舉頭望去，可不，那月亮掛在天幕上，滿盈盈的，似乎就在眼前。月亮塘倒映着她豐潤飽滿的身影，兩輪皓月脈脈相對，像兩顆相輝相映的心。

不過，那年頭，我並不覺得白鹽井的月亮有何特別。在我的記憶中，似乎閩南家鄉的月亮更圓更明亮。白鹽井不過是一個閉塞的小鎮，沒有受過現代工業文明的洗禮，只有一些手工作坊式的店鋪在支撐着門面，人們過着一種與現代社會脫節的生活。那種生活方式，對我來說就像窒息人的墳墓。所以，我千方百計擺脫那種生活，來到這個華人社會裏最繁榮昌盛的現代商業都市。踏過羅湖橋那天，我為自己的「解放」而感幸運。

現在，我不知道自己目前的處境是幸運還是不幸。這些年來，我的思想不斷地蛻變，像過冬的蛇一般，蛻去一層又一層的軀殼。儘管我還是十年前的我，模樣也沒有多少變化，但靈魂卻經歷了無數的歷煉，價值觀、思維方式，以至生活方式都愈來愈香港化。我習慣了在滿街陌生臉孔的人流中穿梭，習慣了在寫字樓裏與同事僅僅保持工作關係而沒有私下的交往，習慣了將自己鎖在家裏而與左鄰右舍老死不相往來，習慣了用電話、傳真去與人溝通、傳達訊息，習慣了用支票、信用卡去結帳、購物……我習慣了這一切，就像習慣了戴着一個面罩在人群中生活，誰也不知道我的真面目，而我同樣不了解別人的底細。在這個一切都制度化的社會裏，人人都生活在種種的規則裏。就像過馬路一樣，紅燈，你必須停下；綠燈，你必須起步。有形的紅綠燈和無形的紅綠燈，控制了你生活的方方面面。你唯一要做的就是要遵守規則，乃至將這些規則編成若干程式放在腦子裏，將自己變成一個機器人，漠然地生活。這一切，對於我這個喜歡自由自在地生活的人來說，實在是一種難以忍受的約束。

傳統的鄉土觀念在我的腦子裏早已根深蒂固。我留戀滿街都是熟面孔的小城，我喜歡無拘無束地串門，我懷念那種鄰里之間親密融洽的生活，我珍惜機關裏同事間的那份情誼……所以，今天的生活對我來說，總是充滿冷漠、疏離之感。

這裏的千千萬萬棟高廈儘管形態別緻，造型各異，卻總是讓人感到生疏；而那些琳琅滿目的櫥窗以及那變幻無窮的招牌，儘管美侖美奐、高雅誘人，卻總是讓人有種親近不得的感覺；這裏的人儘管都衣冠楚楚，禮貌周周，不像小地方的人那樣不拘小節，卻總是讓你捉摸不透……這一切的都市風貌，在我眼裏，總是顯得不真實，太造作，缺乏自然的神韻。這裏，人人都生活在遠離自然的人工環境裏。不說別的，就連工作與起居的環境，乃至巴士、地鐵等交通工具裏也都是經過空氣調節的，你呼吸不到一絲自然的清新空氣。

我常常在想，能夠像在白鹽井時那樣，不徐不疾地踩着單車，該多自在；或者像在白鹽井時那樣有一間籬笆小院，種花種草餵雞，又該多愜意；又或者像在白鹽井時那樣推開窗戶就可見到青山綠水，那又是多麼賞心悅目……然而，這一切都成了幻想，我只能日復一日地忍受這種都市人的生活：在人流與車流中爭路，在沒有泥土氣息的環境裏活動，在高樓大廈的陰影下起居，忍受鬧市的繁囂。

我千方百計逃避那幾乎令人歇斯底里的喧囂，所以，假日裏，我常常帶着小兒到公園裏休息，呼吸新鮮的空氣。小兒也特別喜歡綠茵地和泥沙。草地和泥土對他的吸引力，不亞於兒童樂園裏各種電動遊戲機。所以一進入草地，他就四處跑跳，顯得格外興奮。有時，他會找來一根枯枝，在草地上掘土。他很少接觸到泥土，更不曾享受過在大自然的懷抱裏嬉戲的樂趣。所以，我總是讓他盡情地在泥土裏打滾。望着他陶醉於草地與泥土的情景，我常常會不自覺地想起白鹽井的山山水水……泥濘的道路、斷橋、淙淙溪流、及膝的野草、松林及松濤聲、木板房、馬車……大自然的畫面一幕一幕地從眼前流過。可惜這一切對我的兒子來說都是陌生的，他只有在電視畫面中才能看到這些場景。

我們生活在一個由人工創造出來的文明環境裏，過着舒適安逸的日子，可是我們卻脫離了泥土，遠離了大自然，這是幸運，還是不幸呢？

今天是中秋。吃過晚飯，我們一家到維園賞月。公園裏遍地是人。人們自發地以家庭為單位，在草地上、水泥徑上，圍成一個個的圓陣，周圍點滿小蠟燭，樹上則滿掛各式各樣的中秋花燈。一時間，讓人恍若置身星空，四周都是閃爍的星光，蔚為壯觀。人們似乎不是來賞月的，而是來欣賞這人間奇景。事實上，人們也志不在賞月。因為夜空佈滿陰霾，根本就沒有月亮可賞。幾年來的中秋夜，我們都不曾見過月。我們來維園，也同其他人一樣，純粹是為了消受一個燭光之夜，逛逛夜市，欣賞歌舞，賞月的願望並不掛在心頭。

我們一家人在體育場的看台上尋得一個空檔，於是據為「地盤」，吃月餅，看當紅的歌星們演唱勁歌熱舞。小兒則點燃一排排蠟燭，興致勃勃地玩起燭火來。

維園四周，萬家燈火，各式各樣的看板閃閃爍爍，耀眼奪目。一些名廈在射燈的輝映下，更顯得氣派非凡。維多利亞港倒映着兩岸的燈火，流光溢彩，像一杯倒映着珠光寶氣與紅唇媚眼的香釀，在引誘着人去做一個醉生夢死的迷夢。反觀夜空，陰雲遮住了月亮，天幕上只露出幾許淒清孤寂的寒星。

後半夜，陰霾漸漸散去，那輪灰濛濛的圓月終於重現天幕。但是，沒有人為它的出現而興奮、雀躍。人們似乎都不在意她的存在。也難怪，人們的注意力都集中在那小小的燭光上了。

妻望着月亮對我說：「我發現香港的月亮離我們很遠很遠，看不真切。」

可不，那一輪灰濛濛的月，孤零零地懸在天上，似一個被遺棄的遊子，目光黯然，全無往昔脈脈傳情的神采。沒想到，在大香港，她也變得如此落魄。

還是白鹽井的月亮好，又大又亮。

池畔餐廳

又是一個燠熱的週末。太陽像燃燒着的熔爐，噴射出噬人的光焰，似乎要將大地上所有的草木都烤焦；空氣也凝固了般，凝滯於石屎森林間。

這樣的日子，最佳的去處莫過於海灘、泳池。

香港有名的泳灘、泳池很多，但最吸引我的卻只有一個維園泳池。同別的泳池比較，它顯得極普通，沒有什麼特別，我喜歡到維園泳池，也並非為了游水，而是到池畔的餐廳消磨時光。

我喜歡這間餐廳的空間夠寬敞，不像許多餐廳那般侷促，更喜歡這裏的輕鬆氣氛。在這裏進餐，用不着像在高級食府的豪華雅座進餐那般正襟危坐，亦用不着時時刻刻都保持儀態。而這裏又不會有酒樓裏的嘈雜、喧囂，相反倒保持着一種近乎郊野餐廳般的風情，令人感到舒愜、爽快。

空閒的時候，我總要到這裏泡上幾個時辰。一杯嘉士伯、一碟三文治，一部耳筒收音機，一本余光中，已足以令我消磨一個下午。倘有感觸，大可在書包裏取出一疊稿紙，填上幾格與之所至的文字，也不在乎是否成文成章。

久而久之，這裏成了我生活空間的一部分。似乎，它的露天平台以及那寬敞、明亮的餐廳都是我那蝸居的延伸，而那些食客似乎也成了登門造訪的客人。靜靜地坐在一隅，聽到別人拉扯不同的話題，儘管聽得無頭無緒，卻也饒有趣味。

今天的泳客特別多，但餐廳裏的食客並不多。我坐在靠近落地玻璃窗邊的椅上，要了一杯啤酒，漫無目的地翻閱着報紙。值得細閱的文字不多，沉悶的版面更令人呵欠連天。將視線移向窗外，倒能領略到一番情趣。

網球場上，有人在烈日下對陣。穿着白色球衣的少女在場上左撲右跳，顯得活力十足，真可謂動如脫兔。另一面的蹓冰場上，一群青少年正在蹓着滾軸，他們有的輕快自如、縱橫馳騁，有的蹣跚趔趄、戰戰兢兢，讓旁觀者一會兒擊節叫好，一會兒又露出淺笑。

餐廳的另一面是泳池，露天平台上可看到泳池，不少人坐在太陽傘下，喝着飲料，看着水中暢泳、嬉戲的泳客展示身手。

餐廳外充滿歡樂的氣氛，處處歡聲笑語，又充滿運動的活力。餐廳內則另有一番景象。幾個老人圍聚在一起，談論着過去的人和事。從一個老人的言語中可以聽出，他曾與某個富豪有過一段交情，他講述着他們同甘共苦闖蕩天下的往事。三十年的浮沉，他們各有際遇……從語氣中便可知道他對那個已忘記了他的富豪很不服氣。

另一張枱上，坐着兩個遊客模樣的外國老夫婦。看着他們鶼鰈情深的神情，令人不油得暗生感嘆，如此恩愛的一生真不容易。老倆口要離去了，一個老阿嬸過來收錢。阿嬸不懂英語，雙方比比劃劃，又各操各的語言「交談」着，不過還是把賬結了。老倆口互相摻扶着離去。

一陣海風穿堂而過，徐徐拂面，爽人神志。幾隻麻雀飛進餐館，在地上覓食。牠們悠然自得地啄食，似入無人之境。都市生活使人與大自然完全疏遠了，而且，都市愈繁華，離大自然愈遠。在香港這樣高度發達的商業都市，早沒有雀鳥生活的空間。能在這餐廳裏見到人與鳥和諧共處的情景，實在令人感到舒愜。

太陽漸漸西沉。我在露台上找了個位子坐下。眼前是一排修剪得錯落有致的松柏，地上的茵茵綠草，像一層絨絨的地氈，遠處一顆鳳尾樹開滿了紅色的花朵，火紅奪目，更遠處是高大蓊郁的各種樹木，樹蔭下的長椅上坐着許多納涼的老人。放眼維園四周，銅鑼灣、大坑、天后的高大建築盡收眼底。西沉的太陽為維園抹上了一層金黃的色彩，讓人在這喧囂的都市尋回些許安謐的意境。

我愛坐在這露天平台上，欣賞這風塵都市中難得的醉人景致。雖然眼前的一切都是那麼普通平凡，我卻從這平平凡凡的景色中，享受到了一份難得的恬淡。

正所謂「山不在高，有仙則名；水不在深，有龍則靈」，在一間普普通通的餐廳裏，能體悟營營碌碌的人生中難得的淡泊，已足以令人陶然忘返。所以，這池畔餐廳就成了我的一處領地。

黃昏地鐵

離開住所大廈，進入人流之中，一天的生活節奏便立刻改變了。來也匆匆，去也匆匆，好像有一種無形的力在推着每一個人向前走。

進入炮台山站，踏上長長的自動扶梯。我總是會不自覺地想起工廠的流水線。RAT RACE，英國人的比喻真貼切，用老鼠賽跑來形容這現代都市生活的景觀。人，像流水線上的零件，被送到這個站台，或被送上另一個通道。雖然沒法知道每一個人的去處，但是，卻又不難想像每一個人的處境——人人都有一個承受着壓力的位置，不管他是白領還是藍領。

剛走出自動扶梯，正好有一班往柴灣方向的列車靠站，下車的人魚貫而出。緊跑幾步，還是沒趕上。車門很快又關上，列車隆隆開出，留下一個空蕩蕩的空間。站在月台的黃格子內，等着下一班車。對面的燈箱廣告牌五彩繽紛，恍若鬧市的櫥窗。

五花八門的圖象與文字，演繹着變幻莫測的潮流，時裝、電器、嬰兒奶粉、女性內衣、跑車、美酒……永遠變幻不定，令人撲朔迷離。處處都是挑逗性的誘惑，就連等車的片刻時間，都沒法逃避那無所不在的物質引誘。

月台上很快又站滿了人。另一班列車隆隆駛來，車廂裏已擠滿了人。湧出來一批，又塞進去一批。繁忙時間，照例是那麼多人。列車又駛出月台。車窗倒映着車內的人。人人神情肅穆，不聲不響。有的人看着書報，有的人閉目養神。偶爾可聽到喁喁而談的電話聲。即便可以遇到一兩個搭同一班車的熟面孔，也不可能攀談。誰也不認識誰，永遠是一車的陌生人。

車過北角站，轉眼就到了鰂魚涌站。轉搭過過海車的乘客湧向三號月台。上行下行的人交叉穿插，腳步聲雜沓急促。

從鰂魚涌站到東九龍的藍田站，要過東區隧道。這一段的距離比其他的間隔稍長。不少人一上車便打開書報，也有不少的人套上耳筒聽音樂，更多的人卻在打盹。

有一次，一個細心的國內朋友問我，香港人為什麼總是愛在車上打瞌睡。我只能說，大概是香港人太累的緣故吧。不說別人，我自己也有在車上打盹的時候。剛來香港的頭幾年，白手興家，為了奠定經濟基礎，不得不兼職，上完這一班，還得趕另一班。那段日子裏，每天最大的心願就是睡覺。平時睡眠不足，就爭分奪秒在車上、快餐店、街頭休憩處打打盹。

今天，我已告別了那樣的日子。但是，當我看見那些在車上打盹的人那一臉倦容時，我就會想，他是為湊老婆本，還是為了還樓債而疲於奔命呢？

打身體的消耗戰始終不是出路，不斷進修充實自己，才能使自己立於不敗之地，所以，我總是更欣賞那些爭分奪秒讀書的人。香港人的好學精神一直是我所敬佩的。在我的同事中、朋友中，許許多多的人都是多才多藝的，而且對於新知識特別敏感，所以總是不停地進修，雖然他們也特別懂享受、能玩。

我想起昨天晚餐時，與一班同事的話題。我們在談論蔣緯國先生的一部論戰略的著作時，一個同事告訴我，蔣先生非常反對社會達爾文的觀點。我不太清楚蔣先生的具體論點論據，但是仍感不以為然。所以，我說，蔣先生大概太信奉東方的傳統倫理觀。在我看來，社會達爾文主義就是資本主義的鐵律，事實上，生存競爭、適者生存，就是香港社會的真實寫照。只要這種競爭是良性的，是建立在公平原則上的，就是合理的。

不說其他，就以香港中文傳媒這一年來的劇變為例，已可說明這種競爭的好處。一年前，保持二十年銷量冠軍的全港第一大報《東方日報》與剛創刊就成功奪得一席之地的《蘋果日報》掀起了一場減價戰，而且，頃刻間席捲整個中文報業。那些處於劣勢的報刊，紛紛應聲倒閉。除了一些不受市場規則約束的報紙之外，所有業者都承受着前所未有的壓力。各家報館都各施各法、各出奇謀，爭取讀者，保持銷量。經過一年的激烈交鋒，弱者被淘汰，強者更強，最終「三分天下」。這種競爭是決鬥式的，是激烈的，也是殘酷的。但收益最大的卻是讀者，因為經過這一役，整個中文報業徹底改變了幾十年不變的風格，中文報紙經過一番洗禮，煥然一新。這樣的「殘殺」對社會來說又何嘗不是一件好事呢？

競爭存在於行業之間、企業之間，更存在於人與人之間，無所不在。我想，這就是香港精神的核心所在。

列車駛出東區海底隧道，隨即進入藍田站。由藍田到九龍灣站這一段，列車都是在地面行駛，沿途可看到東九龍工業區的景觀。從觀塘到九龍灣一帶，工廠大廈鱗次櫛比、高低錯落。與港島北區巍峨挺拔、富麗堂皇的摩天大廈群比較起來，這一帶的景觀似乎略顯寒磣。但是，我依然喜歡依在車門邊，看窗外流動的街景。工廠區上下班的高峰期，處處都是人流。在這一帶上下車的人，大都屬於普通打工階層，衣着打扮也較平民化，不似中環一帶的打工族那般光鮮。在這一帶，可以看到浮華的大香港那平實的另一面。

列車由牛頭角站開出後，路軌呈弧線形伸向遠方，遠遠的就可以看到九龍灣站那紅色的站台。鐵道兩邊的高速車道上，車水馬龍，汽車與列車並列飛馳。速度似乎變成了有型的軌跡，在眼前流逝。

多少年來，我一直找不到一個貼切的比喻來說明在香港生活的那種時光的流逝感。有一天，我突然覺得，這列車飛馳的速度感就是這種生活節奏的最佳比喻。香港人不就是生活在一個高速運動的空間中嗎？一切都在快速變幻，一切都稍縱即逝，時間、機會、名利……一切都像從眼前流過的景物一般，不斷地湧來，又不斷地流逝。匆匆的，一個寒暑過去了，不經不覺的，八九個春秋也過去了。時光似乎裝上了馬達，風馳電掣；人則如同裝有核動力，總是馬不停蹄地往前衝……

車到九龍灣，我該下車了。

走出九龍灣站，又見人頭湧動的景象。人人行色匆匆，似乎有趕不完的路。

RAT RACE，老鼠賽跑……

身處在人流中，我感覺自己像激流中的一朵浪花，又像蒼海中的一葉孤舟……

第三輯

醉夢青春

鐘擺

寂寞像個平靜的湖，而我就是坐在湖畔樹蔭下長椅上的女人。長椅另一側空閒了半個世紀，甚至更久，那女人也從紮羊角小辮到今日雙鬢如霜。

其實我並不老，這一身不入時的打扮鎖不住我肉體的春色，而那些富於感性色彩的女性特徵更是時時散發出人生某一季節的馨香。

如果說春花招搖的年齡渴望的是愛，那麼這秋天的人生祈望的則是情。這情是掛在那已收穫過的枝枒上的一個誘人的果。人們不經意地遺下了她——使她變成了一首「聲聲慢」。

然而誰是吟詩人？莫非又是那少年？渴望能變成一個傳說，能使我變成傳說中年輕的公主，他自然成了那機智的小木匠。他說要做一隻木鳥飛上這高不可攀的閣樓，而後又騎上那飛鳥飛向天邊。這一切我相信無疑。

有一個晚上，他吻着我的雙唇，那不是用唇在吻，而是用他的舌輕觸我這兩片微厚的唇，那感覺是朝陽在親吻海的柔波，是柳樹枝輕垂在湖面，似乎要鈎起一個少女的夢。太陽欲醉垂柳欲醉，我唇欲醉，醉，醉，醉……直醉了二十年不復甦醒，只有那架舊式掛鐘「滴噠滴噠」地響着，用它那永不動情的節奏度量我長醉不醒的少女夢。

鐘擺永不知寂寞地擺動着……

傳說中那個小木匠真的做了隻會飛的木鳥飛上公主的閣樓，劫走了公主，飛向那極樂的天邊。我的小木匠卻沒有來。

我發現自己懷孕了，父親也發現了，平靜的小鎮經不起這種發現，甚至它全部的歷史都容不下這種發現。這件事一傳出去，整個小城像地震般震動，人們的唾沫足以把我淹死。小城的人就是小城的人，不像香港人。父親狠狠地用鞭子抽打了我一頓。我沒有哭，我想晚上他就會用小木鳥把我帶走，帶到那個極樂的世界，他會用唇吻去我斑斑的傷痕。

可是，他沒有來，再也沒有來。他像一陣風把我從春天的樹上掃落，捲進這樹蔭下，這寂寞的湖畔。於是，我聽着那似雨聲、似秋聲，更是淚水「滴噠」的情聲，一聽又是二十年。舊木鐘以同樣的節奏，同樣的寂寞度過了二十年，「滴噠滴噠」早已無淚。

又有誰知，那木鐘期待着有淚水的「滴噠」聲，那寂寞湖邊的女人期待着熱吻。

我期待着那少年（不，不再是少年，應該是中年），蕩一葉輕舟悄悄駛進這寂寞湖心，聽小雨颯颯響……

一九八八年十二月

雪夜．雪野

告訴你，那晚上的那一場雪是入冬後的第一場。

那天下午的雪花像抑鬱的情思，又像某一朝代的才女那「淒淒慘慘戚戚」的淚花，灑向我那一萬年都沒有愛慾的土地。於是那個傍晚倒比春還有暖意。至今覺得故土像第一次與人私通的寡婦，悄悄地品嚐着男人的甘露又不會紅着臉，把喜悅當春風散發出去。

整個下午我都躲在家裏，詠那個才女的詩，直到慵慵倦倦地睡去。

他來敲門。

他依然穿着那身皮大衣，滿身是雪花。他突然可愛了許多，而那滿臉的絡腮鬍似乎也有了人情味。

他並沒有像電影裏或小說裏常有的方式先摟我轉一圈，又吻我。沒有，他只是淡淡地笑了笑，像一朵一閃而過的花。

他說：「我們出去看雪。」

我不明白為什麼總是說他，我呢？其實當時的我除了期待着他，還是他，哪裏還有我。我糊裏糊塗地跟着他出去了，而沒有說：「不可以在家裏嗎？」那晚，我把坑燒得好熱好熱。

如寂寞的夜晚，小巷裏留下兩串和諧的腳印，像兩串小夜曲的音符印在新新的稿箋上，不知怎的，我竟因此聽到了一曲遠方傳來的歌，憂憂咽咽的。

我想，她一定也是在這樣淡藍色的雪夜，撲在長城下哭泣……

不過，你以為她就是哭新婚即遠別的丈夫嗎？不，她哭的就是自己，寂寞難熬的長夜，與其暗自哭乾那青春玉體，不如哭倒那面無情義的牆。

一定是的，是在這樣的夜晚，雪是淡藍的，夜是淡藍的，連憂憂戚戚的風都是淡藍的。

然而我不哭。我伏在你的胸間，聽着你的心跳，又撫着雪原下的土地。我聽到了那埋得很深很古的傳說，聽到了那女人從傳說中傳來的嗚咽聲，你讓那泣聲像雪花一樣消融在你的懷裏。而我卻看見了那淚人，當然那一彎千萬年不去的月兒也看見了。她把雙手插進自己的牛仔褲裏，沿着那久不展露人前的肉體探向女人的領地。那裏蓬蒿青青的，已很久很久沒有人跡。她用自己的手去摸索那一條被野草淹沒的小路，似乎要探出那千百年來被困於傳說中的慾求。

於是那哭長城的女人不哭了，學會了自瀆，學會了將雙人枕摟在懷裏做一個比中國洞房還紅艷的夢。不老的月兒被那夢充實得漲鼓鼓的，像剛被太陽摟抱過，令它不知是海漲潮還是夢漲潮。

然而月兒伸出的手臂卻無溫暖的氣息。它摟去她艷情的夢，遺下她如花凋殘的肉體，遺下個女兒魂在紅衾紅帳裏暗自飲泣傷神。

等我從那幻覺中醒來，他那粗野的手已替我剝去了那個傳說，將我赤裸裸的橫壓在廣垠的雪原上。——天啊，雪竟是那樣的溫暖。

從此，地球瘋狂地旋轉，壬子年的中國歷史星搖月移地過去，只有那一尊透明的女體雕像依然回憶那個夜晚的藍色雪原。長城遠遠地橫亘在原野的盡頭。

一九八八年十一月

黑白影像的時代

我的青春時代像一幀黑白照片。本是有色彩的，只是年歲褪去了她的顏色。我的容顏已老，那些記憶怎不會因時代的變化而褪色呢？更何況我是從一個小鎮來到這都市，當然不會有像都市少女那樣濃妝艷抹的青春，有五彩斑斕的裝璜。

沒有的士高的小鎮，也沒有霓虹燈，所有的夜生活就是那昏暗燈光下一個流浪漢的彳亍或是某一寡婦的門「吱吱」地響了一下。可是這時的我好年輕，再說那一面母親用過的古鏡又告訴我——你嬌嫩得如一朵玉蘭花，散發着郁郁的芬芳，決無一片輕浮的葉吻過。

沒有一個妙齡的玉女願看着自己如花的歲月如凋殘的花隨水流去。

然而整整一個夏天，我都像那圓了又缺，缺了又圓的月，總是孤零零的。我如那月，以一身清輝獨坐在窗前，投給小鎮以寂寞玉女的愁怨，卻沒有一個豪氣的男兒舉起他癲狂的酒杯邀我共飲，倒是那些躲在窗後偷窺我的小男人們，把我當着冷艷的月高高掛在清潔如鏡的夜空上，許我一個清高的雅名。

那時我只有十七歲，正是「有女初長成」，如一枝婷婷的蓮，如一朵含露的花蕾，連我自己都驚訝，連月兒上那寂寞女人都自慚無顏。整個夏季的夜，所有的風都帶着野外的氣息來吻我那如山溪般純情，如野草般恣情，如微瀾般起伏的十七歲的玉體，卻沒有一個男兒來珍藏這顆多情多夢的女孩的心。

現在我才知，那就是懷春少女的閨情春怨。那時候我還不知李商隱，更不知道他為我寫了一首「碧海青天夜夜心」的詩。李商隱是知女兒的心，可惜他早逝，不然一定會邀李白來我的小床上開詩會。

李白、李商隱都沒有來，來了一個中學教師。小鎮上的女兒們都說他有才，寫得幾句好詩。自古「郎才女貌」的定律，使他闖進了我的小屋。

我對他的詩並不感興趣，酸得讓人掉牙。我喜歡的乃是他的體魄。那時他怕有三十多了吧，高高的個頭，寬寬的胸，臂力也夠勁，他的臀他的股都結實得像蓄勢待發的牛，有生命的力感，更讓人產生生命的動力和慾望。說實話，他自己就是一首詩，一首「雄姿英發」的東坡詩，我知道好多女孩都在暗自詠誦他。

最幸運的還是我，我擁有他，就像擁有我自己。每個夜晚，他都從後園的那截殘壁翻進院落，踏過野草叢生的小路，翻窗入來。初時，我們都好緊張，我總是問他有沒有被人看見。有時，他會說，翻牆時好似看着某某。一時我們都像第二天就會聽到滿街的議論聲似的，又緊張又擔心。不過也是一種刺激，因為那擔心又總是使我們摟得更緊，吻得更久。

就是那一個對性缺乏明朗態度的時代吧——使我至今回味着那偷情的樂趣。正如開化的世風給新一代的樂趣是我不曾嚐到的，那一種偷情的樂趣也決不是在大街上擁吻在一起的年青人所能體會的。我不後悔已逝的青春。那一段黑白的時光常常在我記憶的暗房裏一次比一次清晰地沖印出來。我更珍惜這些畫面。

我們的身體似乎懂得偷嚐禁果的代價，更懂得珍惜青春，總是緊緊地膠貼在一起，似乎要把所有的愛和所有的青春押在那一刻，傾注在那一刻，把一生的快樂統統當作賭注去換那一刻的刺激。這種肉體的祈望，直到第一次看見人跳的士高時，才猛然感覺到，那放浪形骸的夏夜與的士高有同一種聲光形色的刺激。

遺憾的是我們只能悄悄地瘋狂。

他吻我的時候，像一頭經過激烈廝殺後的獅子，慢慢的玩弄着嘴邊的獵物。而我就是他的獵物，他的情人，他的心肝。他很懂得冷靜地對待我這十七歲的少女，一舉一動都是令少女迷戀的三十歲大男人的成熟和機智。我經不住他那種令人迷亂的溫馨氣息和誘惑，我快樂地掉進了不自知的顛狂迷醉，像掉進了李太白的醉杯裏，享受着一個浪跡天下的浪漫詩人才有的豪氣和酒香撲鼻的詩句。

——只是苦了我那月中姊姊，且害她多流了許多淒清淚。

累了，我們相依在一起沉沉睡去，直至天濛濛亮，吻別時，我還在夢中。

在那夢中，我揮霍着青春，把青春的淚水分贈給李商隱和李太白，把無價的肉身當着詩句任人吟誦，直到夢醒。

後來，他永遠的去了，去到何方，我不知道。只是當我再用那古鏡照着自己時，發現魚尾紋已無奈地爬滿眼角，且恣意地延伸到額頭臉頰。

我雖然沒有色彩鮮豔的青春時代的照片，然而我對青春無悔。

一九八八年十月

夕陽紅遍時

我已到了不受異性注視的年齡，這不能不說是索然無趣的人生的開始。青春已逝的凋零感襲向我這個兒女成行的父親的臉龐，妙齡的女人從我的雙頰、額際發覺了無可奈何的暮氣，怎願將青春的眸子投向凝滯不動的死水呢？

但我並不悲哀，在我那已經開始發黃的人生膠片上，我重放着一段黑白的歷史——不知是否太懷舊？我曾經有一個春情蕩漾的池塘，且在晚霞的映照下波光瀲灩，而我就是那池中的一片春的落葉。

那一個傍晚，西邊那輪夕陽像一面大鼓「轟轟」擂動，那聲響是火燄的顏色，它點燃了西天，也點燃了眼前蜿蜒而去的小河，河邊上一棵金色的樹掛滿了金箔般的葉子，晚風過後萬葉齊鳴如銅鈴般清脆。這是個屬於我們的春之季，卻像秋一樣絢麗。

我摟着她就像摟着春的夢，那華麗的晚霞。然而我還不相信這具象的夢是真的，又去索取她的夢，那灼熱的吻就像那紅透的夕陽——於是我成了一片早熟的春葉，急急落進那春情的池塘——我仍嫌不足，似乎所有的溫情都極待用手指的所有神經末梢去感受，我把那隻少年人的手伸向了一塊廣袤的處女地。

那是一種什麼樣的感覺？正如我說不清大海的形狀，我道不出那一刻愛的情腸。我如航海歸來的弄潮人，一任整個身心都沐於那略帶腥臊的風中，癡癡迷迷地忘掉自己——那真如握着大海的波峰，我闖過了一波又一波——迷失在她那比大海更溫存更寬闊的胸間。

突然，她將我推回「岸上」，又扯攏衣襟（如扯來一片雲）向我的身後呶呶嘴。一個牧童望着我們，呆呆地，毫不驚詫，也毫不動容。我該怎樣向他解釋這一切的含意呢？

其實愛是不用解釋的。他似乎比我更懂得的，轉身揮動着柳枝走了，並留給我們一串沙啞的牧歌。

不知多少年過去。這件事也已早成為心影潛入記憶的深處，與今生的種種畫面雜亂地存放在一起。

如今的我已不似過去那般羅曼蒂克，再說，當年的她如今已是我朝夕相處、同床共枕的妻，而一切已不再有詩情畫意，即使她天天裸睡在我的身旁，仍不足以喚醒我那已經沉睡的心。

昨晚，我不經意地從塵封的心底翻出了那一張「歷史舊照」，一時在她的耳旁敘起當時的情景。沒想到她竟溫柔地伏上我身，輕吻我的臉、我的頰，且將滴滴熱淚灑落我面。少年時的激情挑撥着我們的靈與肉。我們緊緊地擁吻在一起，重溫那青春的戀情。

好溫暖的一夜——我們怎能讓歲月將我們沉沒？雖然我們不再有青春的容顏，卻有不渝的戀情。

如果可能，就讓我們每晚都在這收穫過的田野上，尋找被記憶遺下的春之芽——可以嗎？親愛的。

一九八八年十二月

秋井

秋是最不安份的季節，這個經驗是我在十幾歲的時候領悟的。

那天秋風秋雨響成一團，我縮瑟在家中，透過玻璃看這個蕭條的季節。秋天是不可解的、神秘的，有誘人的成熟的香味從土地裏散發出來，誘得你全身都感到饞，卻又找不到解饞的食物，什麼都沒有味道，連心情都淡白得厲害。唉，少年愁。

小院子裏有一口井，是周圍幾家人合用的。平時盡是女人們圍在它的周圍，一邊掏米洗衣，一邊嘰嘰喳喳的議東論西，誰家老公心火旺，一晚可發起幾次進攻她們都知道。就是從她們口裏，我知道了許多與我的年齡不相關的事。因而我也就很小就更事不少。

在這群風騷的娘們中有個叫柳嫂的人稍顯寡言，且言詞不是那麼露骨。識理得多，自然也令人敬重，她長得白白淨淨，又梳着一個富士山型的髮型，模樣極為富態。人們都說她是小鎮上的皇后。皇后的桂冠於她是一點都不誇張，因為我喜歡她。

我總覺得她像一首關於櫻花或關於秋的曲子，每一舉手投足的姿態都會流溢出許多美妙的音符，而她每流轉一下脖子，就好似這曲子的主旋律的迴旋。也許我這種感覺更多的是基於她對我的一片愛心。說實在的，她對我的愛護已超出了鄰里之愛，透出了對我這形如孤兒的少年所付出的母親般的憐愛，甚至更多更多，只是我無法理解。

這天是天時不好的緣故吧，井台上空無一人，只有風吹來的落葉在井台上留下秋那嘆息般的標點。好可憐的落葉，就像我一樣。它在井台上猶豫地旋了兩旋，還是投進井裏了。

井水已經漫到井口，盈盈的倒影着碧空上情緒飽滿的白衣使者，它稍一晃動就把我摟了去，秋水直漫過我那比碧空更深遠的心宇，而我那些比白雲還纏綿的思緒都變成了它的風帆。很久以來，我就憑着這種感覺去感受柳嫂，到今天，當然又成了某種季節某種印象某種情結的象徵，所以一想到進口秋水滿盈的井就全身心地沐於莫名其妙的溫暖中。

後來，柳嫂將我領進她的屋子。那一間生着火爐的屋子好暖好暖。她將我引向一片肉色的天地。那天地好大好大，我從來沒有遊歷過的天地。這裏秋色四溢，每一寸土地都散發着神秘的芬芳。這是一片陌生的土地，她牽引着我的手去認識這塊大地。高山、丘陵、峽谷，這些天造地設的自然奇觀一一的在我的手上展現，我激動和欣喜。但令我驚嘆不已的卻是那植物葳蕤處，好茂盛的水草，像位於赤道的熱帶雨林那般豪爽。我終於又發現了秋井，水盈盈的搖盪着整整一個季節的倒影，像盛滿了唐詩宋詞之佳釀的玉樽，足以令那「千里江陵一日還」的唐代大詩人長醉不醒……

從此，我對秋天的井產生了全新的發現，對秋井那深不可測的含蘊有了無法言喻的體驗。

秋天這樣的季節，把所有金色的果實都奉獻了，人們品嚐的是秋的濃汁和瓊液，而我領略的是秋天將盡百花漸逝的秋情。誰更能知道真正的秋的滋味呢？

我擁有的是母親一般博大的胸懷，我得到的是經大地母親的胸間溢出的瓊漿。再忘不了那秋天秋風秋雨的孤寂以及那口不安份的井。

一九八八年十二月

野荊棘（三章）

誕生

大牆外，是綿綿無邊的黑土地，從未開墾過。這裏沒有一座村莊，沒有一條道路，只有大牢和罪犯的足跡。亙古的蠻荒，死一般的沉寂，蒿草像罪惡的毒素恣意叢生，野獸像罪人肆無忌憚地倉皇竄逃。他們——人間的罪人，像大漠上的幽靈出沒在蒿草中，鐵鏈拖曳的聲響錚錚寒骨，在大漠的上空久久地回應。

如果說大牢內還有生靈為生命為自由而掙扎的話，那麼這大土地早已泯滅了所有的慾求，唯有永恆的寂寞和痛苦，然這也為沉默所代替——大土地無聲無息，只剩下一個靈魂在思維。

他，斜倚在丈高的雕堡牆下，懶懶地曬太陽。那太陽並不溫暖，空漠的大地消散了它所有的熱量，而還它蒼白無力的投影。碧藍的天空並不是像人們想像的那樣，溫和自由，更不是像王八詩人們幻想的——有一隻自由的鳥兒在翱翔。那連一絲雲都沒有的天，藍得恐怖，像一頭沒形沒狀的怪物，吞噬了大漠上所有的色彩，也吸去了大漠的血液，甚至吸盡了他所有的記憶。

他再也不記得過去，不記得自己，也不記得親朋，他變成了一個暗啞的生命。

一個難友走到他身邊，遞給他一支煙。

點燃，猛吸，劣質的煙味燥辣刺人，直嗆心肺，他劇烈地咳嗽，好一陣才止住。

難友說：「大哥死了。」

他並無反應，依舊沉默。

難友又說：「他一死，大家就指望你了，你出個主意吧。」

他將煙「卜」一聲吐出老遠老遠。他果決地否定了大家的指望。

昨晚的槍聲，至今還在他空蕩的胸中迴響，令他脊骨發寒。子彈在夜裏散射的軌跡是美麗的——弧形，紅色的，劃破夜幕，然而稍縱即逝，之後是令人冷齒的尖嘯拖着淩厲的尾音，久久地殘留在每一個人的心裏。

其實那傻瓜根本跑不出去——縱使他逃脫那雨點般的子彈，也逃不出那寂寥無邊的大土地。任何苟安的生命在這大漠上都變得毫無意義，他必死無疑。

幾年前的一天，滿載囚徒的汽車在這塊土地上不停地奔馳了一個晝夜，從那以後，他們再也沒有出去過。這幾年，他戴上腳鐐一寸一寸地度量這塊焦土，他懂得這大土地意味着什麼。

他依然在那面大牆下曬太陽，一年又一年。

直到有一天，監獄長宣佈他刑滿自由，他已經不記得與大漠共渡了幾多春秋。同樣，他也不記得大漠外的天地是多麼明媚。

他說，他什麼都不需要了，只需要一副枷鎖。

他戴上枷鎖，無畏地向大漠的更深處走去。太陽剛剛昇起，將他的身影投射得很遠很遠。

難友們大聲地呼喚他，罵他傻瓜，罵他瘋了，罵他殘酷。他卻什麼也聽不到，只聽到寂寞大地的呼喚。

他去了，孤子一人。

後來，一隻孤鷹從大漠深處飛來，在高牆上空久久地盤旋。

難友們說，那是他的靈魂幻化的。

牠在寂寥的天宇間不聲不響地浪蕩，不留下一絲痕跡。

荒原狼

紅陵壩幾百里不見人煙，廣袤而荒涼的大土地上星星散散地灑了十幾個大監獄。風一陣接一陣地捲過，像一群狂奔的野馬隆隆地踏過大地，之後整個大地沉於被踐踏的痛楚和痳木中。

沉寂的大土地沉睡在萬年不醒的舊夢中，只剩下荒野的餓狼靜睜着綠寶石般的眼，窺視那夢中的生靈。

黑乎乎的雕堡像夢中那勃起的陽具，高高地昂着，期待爆發，期待快感。在那夢的底下，是熾烈的溶液在翻騰；大土地的每一條微血管都已充血膨脹，似乎每一寸土地都要噴出腥味的火焰。

囚徒們在大牢裏已不再空彈脆弱的思弦。千山萬水之外，妻兒老母的淚眼早已變成顆顆不會暗淡的星，鑲在這幾百里沒有柔情的夜空。他們用沙啞的喉低唱着一首已記不確切的家鄉老調，而就是那低沉沙澀的歌竟感動了那流浪萬萬年的老月，於是老月為他們彈奏一曲清淡而哀傷的古曲。

老月哀婉的音符灑進鐵窗，變成清清的淚水掛在他們的臉龐，撫一把就是千萬年抹不去的淚痕。誰知道今晚是中秋還是重陽。

他們回到那夢裏，變成荒野的狼在暗夜裏長嚎。

有一隻狼，在大土地上奔跑了一整天，沒有找到一點充飢之物。牠飢腸轆轆，已經整整一個季節，皮肉也在發瘋的奔跑中，被荊棘划得皮開肉綻。今晚，牠再經不住那歌聲的誘惑，騎在離監獄不遠的山崗上，高聲嚎叫……

後來，又來了第二隻，第三隻，直到整個山崗都是綠寶石般的眼睛在閃爍……

大牢裏，有一個年青人，已耐不住長夜的寂寞，毫不節制地自洩。旁邊的老者大聲地罵道：「雜種，你已經幹第二次了。」他回應：「我操你媽，老子幹十次與你何干？」

他繼續着他機械的動作。不再有人出聲，牢裏像沒有發生過什麼事，重歸平靜，只有他還在急速的呼吸。稍頃，大家聽到他的幾聲說不清是痛苦還是歡樂的呻吟，大牢才徹底寂靜下來。

他並沒有睡去，仍睜着眼望那高挺的雕堡，臉上淌滿了淚水——他才二十歲，有二十年的刑期。這兩個數字是說明他青春正年少，還是表明他將被埋葬二十年？用二十年的苦役減去他二十歲的青春，等於什麼？或許這根本就無法相比。

淚乾了，他回到夢裏。

夢中，他赤裸裸地躺在大地上，二十年沒有動彈一下，他想必是死了。可是，那二十歲的身軀卻在不停地成長。滿身的肌肉凸隆起來，像一座座的山崗；那具不曾被女人觸撫過的陽物高高聳立，竟變成了黑碉堡。潛藏在夢底的溶液直注進他的血管而他的血則湧進大地的脈膊，他重新復活了，那大地的陽具終於變成直指蒼天的古炮。

荒原上的群狼向着這生命的標記奔來，浩浩蕩蕩騎在山崗上。這群無主的荒原狼終於有了他們的圖騰。

這個亙古以來就只有野性，只有殘暴的世界，這塊沉默了萬萬年的大土地，終於有了生命的標誌。

野玫瑰

大土地上有一叢燦爛奪目的紅玫瑰，長年不敗，四季鮮艷。它是用血澆灌的。幾百里荒漠上的所有囚徒都凝望着它。

這是一個不許傳誦的故事，但卻像經典傳奇般在這塊大地上無限地流傳。對於所有的囚徒來說，它不是發生在很久很久以前，也不是昨天，倒似正在發生——

老幺的老婆來了。

這從天而降的喜訊，無異於久旱的土地上響起一聲春雷。每一個囚徒都激動欣喜，像是與自己有關。外間人當然不知道大牢裏的人對女人的興趣，怎麼說呢——他們一聽到女人的聲音，總覺得比半個月才有一次的牙祭還解饞，更別說見到女人。豈有不激動的？

老幺的老婆是怎樣的？大家都在想，其心情之急迫，好像急着為自己相親。老幺說：「我那老婆是十八里地最醜的，沒人要，我撿來了，你們看了都會噁心的。」一個「德高望重」的老者笑罵道：「你曉得什麼，好看不中用。要曉得，只要胸上有肉，胯下有窿就是良種。還要什麼？告訴你們吧，我家那口子，胸脯上那兩團讓你看一眼人就發軟。五年了，曉得跑到哪個男人炕上去了。」

這塊土地從來就沒有文雅和溫柔，人與獸無異。但是除了粗言穢語，他們又用什麼來表達那不得抒發的心懷？女人？

是的，只有女人才是他們的神。在被剝奪了最基本的生存與自由的權利後，有什麼東西的價值與意義比女人來得實在？與禽獸無異的人，除了獸慾，又還有什麼？

但是在大漠上並不是常常能見到女人的。縱橫幾百里之內根本就沒有民居，而有女囚的一個監獄又遠在大漠外的一個果場（男人們一想到她們，就如見到腐爛在樹上的果子一般，摘不到也吃不到，好不惋惜）。除了罵娘，還有什麼足以自欺？自憐？

終於捱到收工了。大家浩浩蕩蕩跟着老么跑回大牢，又齊整整地站在警戒線邊上。警戒線的那邊，坐着一個女人。大家眼睜睜地望着，欣賞着，癡迷着，但絕不是審美，只是滿足、滿足。

監獄長叫道：「老么，你老婆來看你了，給你兩個小時的假，你們倆好好談談。」天大的恩賜和最有人情味的關懷，老么激動得連只有一個單音的「是」都回答得含糊不清。說完，急急領着那女人就往牢房裏去。旁人都懂得兩個小時的自由有多麼珍貴，又是多有價值。不用說什麼，造他兩個小時的愛，其他的什麼都不需要。

然而，那女人一踏進那骯髒雜亂的牢房，便嘘吁起來。老者一看情形就明白了，把老么拉到一旁，道：「你女人不是來坐牢的，讓她在這畜牲窩裏造愛，還有啥快感？」

老么一聽便懂，拉着女人就往大漠中去。他要好好地享受兩個小時的自由，那可是有性愛的自由和自由的性愛，這正是大漠中至高的追求。正如天上一日，地上千日百日，大牢裏兩小時的自由，足以媲美大牢外自由人二十年、二百年的自由。或許一個人可以在舒服的溫床上與一個女人廝混無數的良夜，但那感覺絕沒有這獄中兩小時的強烈。怎能不珍惜？

快，到大土地上去，大土地不會侷促，不會骯髒，大土地是開闊的，無私的，能容納人間無盡的情慾。

他們走向大土地的深遠處。碧藍的天宇映照着這塊悲歌一般深沉的大土地；清澈明淨的蒼天之眼俯視着大土地上這對血慾的男女。

與大土地相比，他們的身軀是那樣的渺微，然而那顫動人間情慾的血肉之軀，早已涵蓋了此生無限的愛慾和懷想，那生命之火就要燃燒，就要點燃大土地千萬年無法排遣的愛慾，那愛火就要騰騰燃燒，燃遍整個大地。

這大土地上的夏娃和亞當啊，你們品嚐的是人世間最珍貴的自由和快樂，你們為這塊死寂的粗野的大土地播下了生命的種子。

他們的呼聲在天宇間回響，在大土地空曠無邊的胸際間回蕩，大地微微震顫着，似乎變成了母性的原野。

突然，一聲尖嘯從監獄上空掠過，無情而陰冷的槍聲宣告那自由那快樂已經完結；一朵剛剛綻放的花朵又要凋謝，又要被埋葬在啞默的大地深處。

告別，意味着生命將重陷那大土地的死寂。或許那女人可以重投別人的懷抱，但老么這個終生監禁的囚徒，卻要陷入滅慾的深淵。他死死地摟着她，任憑那冷酷的槍聲無謂的恫嚇。

對於一個領受了生之燦爛的人來說，死在愛的血泊裏，比重歸深淵更有價值；這兩個小時的歡樂已令他遍嚐生的樂趣，死有何憾？

子彈在他們的上空呼嘯，卻不過是他們的禮炮，還有什麼樣的愛比在這彈雨中盡享生命的快樂來得刺激，來得絢麗呢？

他，躍身而起，赤裸着身軀在大土地上狂奔，揮灑他對永恆的熱望。子彈向他飛去，穿透他的胸膛，他橫躺在大地上……

後來，在他們狂歡過的地方，長出了一叢永遠開放不衰的野玫瑰，花朵紅艷燦爛。

我為青春而醉

為青春而醉

那天晚上，連我自己也不清楚發生了什麼事。

所以，當你以憤怒的目光望着我的時候，我只好低下頭，心底裏，我說對不起。

但是，我相信你已原諒了我，否則，你不會再來。

實在記不得那晚的經過，只記得那個日子是我二十歲的生日，

二十歲的生日本該好熱烈。

可是，我沒有朋友。落寞，如一條形單影隻的狗。我將自己反鎖在屋裏，想伴着孤燈靜靜地度過這一夜。不敢指望有誰來造訪——除了有老鼠會探頭探腦地溜出來，啃一口我的腳趾外，一定聽不到敲門聲。

我早習慣了這種日子。生日算什麼呢，同昨天不是一樣？我不要這個生日，不要！

「噠、噠、噠」，令人詫異的敲門聲。

是你？！一百個意外，一千個想不到。

你說你記得我的生日，很多年前就記住了。當時我想哭，卻又哭不出來。

你帶來了酒，帶來了滷豬耳、牛肉乾和花生米。你說，二十歲，值得慶祝，來，為二十歲乾杯。

那酒很苦，很澀，咂咂嘴，感覺卻很甜很甜。

我可能喝多了，感覺屋裏的一切都在旋轉，地球似乎也以我為軸心瘋狂旋轉起來……手中的酒杯跌落地上，打碎了，灑得一地都是……血！

之後，是一片空白，一切都靜止了。

等我醒來的時候，你告訴我，地球不轉了，幾天都不見日出日落。

我一定醉得像一灘爛泥。

那杯酒很苦很苦，然而，我卻想把整個青春都泡在那杯酒裏，永遠不要醒來。

秋戀

我注定孤獨，而且總是無緣無故。

記憶中，只有那個傍晚，令我體會到生存的溫馨——也是在深秋落葉紛紛……又一種死寂從四面八方的泥土裏冒出來，佔領了每一個靈魂空間。

一切復歸沉寂，只有那顆楓樹仍保持着深秋的燦爛。在夕陽的輝映下，滿樹的紅葉像火焰一般熾烈，透射出耀眼的光豔。所有冷漠的生命仰止於她的熱烈——這生命盡頭最後的風韻。

就在這顆楓樹下，我又見到了你。我像感受着那楓樹的風韻一樣，感受着你的風采。

很想很想投進你的懷裏，在你寬碩的胸間做一個轟轟烈烈的夢。

然而，我不敢。

是你看透了我的心，輕輕擁我於懷，撫拍我顫抖的心。

我偎進你的懷裏，於是，知道了整個季節的底蘊……

這是一段無悔的戀情。

也是一個真實的夢。

但是，這一切很快就被時光埋葬，那暮晚的場面更如一楨褪色的舊照，除了勾起一絲絲慘淡的微笑，便是一串無聲的嘆息。

你去了哪裏？為什麼把我遺棄在十歲的故事裏？

沒有花香的季節

那個季節，沒有綠葉，但不像是冬季。

天很冷，人也很冷。我縮着身軀漫無目的地遊蕩，像一條野狗。

但我懷着一種希望，懷着一種期待——想嗅一嗅花香。

這樣的季節是不會有花香的，注定不會。有花朵肯在這樣的季節，為一條浪蕩的狗開放嗎？

荒蕪的原野，荒蕪的思想，連夢的春芽都枯死了。

我想我已經成了一具沒有血肉的骷髏，橫陳在枯草叢中。

我盼望有一朵花為我開放——哪怕她顏色枯槁。

然而，在那個季節，這小小的一個願望，也成了一種奢望。

殘夢

離開故鄉很多年了，但我卻從未真正離開過那殘夢般的小鎮。不是繁榮的大香港容不下我，實在是我承受不了這花花世界太多的誘惑。我甘願在那故鄉夢中，做一隻啼夜的小鳥。

那是一個殘破的小鎮，清一色的木板瓦頂房子早被風雨吹襲得歪歪斜斜了，時光又給那些早就剝蝕的木屋染上了陳腐之色。我走不出那夢，就像抹不掉自己曾經走過的路。我在大社會中闖蕩經年，唯獨闖不出那小鎮和那童年；相反，倒在戀戀風塵中，重新縮回那七斤重的老棉被，重溫少年的夢。

我總是睡懶覺，總是縮在溫暖的老棉被裏不願起來。或許正是那老棉被太暖和，催發了我那幼嫩的春心。有一個早晨，我戀在被窩裏不願起床。後來，竟感覺到有許多小毛蟲在體內爬，牠們直爬到兩股間，又聚集到盆腔裏。牠們在盆腔裏活動，大概是在晨運吧，搞得我那裏熱烘烘、癢酥酥的。牠們大概是累了一身大汗，又或許是撒了一泡尿，令我感覺漲鼓鼓的，直想拉尿。我忍不住了，只好放棄最後的防線，將那些廢物統統排泄出來。很奇怪，那感覺挺舒服，其樂融融，讓人十分滿足。從那以後，我差不多天天都要懶在被窩裏，等那快樂時刻的到來。

當然，享受總是要付出代價的。等我一起床，母親就已為我預備了豐盛的「早餐」。那「早餐」其實是雞毛掃下的「麵條」，並不好吃，但推辭不掉，傾得我滿身都是。不管那「麵條」是如何的難吃，我總是甘願以皮肉之苦去承受，而不願犧牲那溫暖的窩。我相信，沉溺在被窩中的滋味，只有那沉溺在母親懷中的小懶貓才知道。

不過，別以為我懷念過去，就是沉湎於那可以滋生快感的晨夢。不是的，那實在是一個已經過去了的時代所賦予我的唯一自娛自樂的溫床。外面很冷很冷家裏又沒有火爐，我敵不住那料峭的冬。

那是一個無法迴避又無可選擇的現實。父親被抓走了。那本是沒什麼的，抓走就抓走了，不就是坐牢嗎？再說，牢外的人不見得就比鐵窗內的人自由。我去探監的時候，就暗想：「其實，只是換了間房才是，這間房比我們家的大得多，牆壁也乾淨許多。」

這是真話。我家的牆上被紅小將們用大墨筆塗得滿牆都是「打倒」、「打倒」。這些字一到晚上就變成了可怖的魔鬼，跑進我的夢中欺侮我。我不想回憶那些可怖的夢境，不想。

我看，那些不幸都是隨那冬天而來的，我盼那沒完沒了的冬天快點過去，我忍受不了砭骨的「寒風」。那時候，我一跨出家門，就有「寒風」來襲擊我，擊得我滿身青一塊紫一塊，皮開肉綻。但我沒法還手，那風是無形的，襲擊你的時候也是無形的，根本沒法躲。那情形就像你遭受白眼，遭受歧視、遭受責罵、遭受嘲笑、遭受「停課」、「開除」的處罰一樣，一切都是沒來由的，無形的。所有的這些，一到晚上也都變成魔鬼跑進我夢中來，它們剖開了我的胸膛，把我的心掏出來玩，任意的捏弄，任意的拋棄。

我只好暗自發誓不再做人，以免除做人的苦難。我決定做一顆普普通通的種子。於是在一個晚上，我夢見自己做了一顆種子。

在一塊田野上，到處都是豆株。我也處身其中，成了田野中的一分子，在秋風中招搖，等待即將來臨的收穫。我好不自豪，而且相信自己是一顆好種子，一定會像其他種子一樣，為金秋貢獻自己的青春乃至生命。我十分的興奮，興奮自己能同其他種子立在同一塊田野、心懷同一種期待。還有什麼處境比做一顆豆更美滿的呢？

可是，收穫那一天，人們獨是遺下了我。昨天，我還與別人並肩而立；今天，就只剩下我孤身兀立在這荒蕪的田野上。一陣秋風襲來，令我渾身直哆嗦，心兒也變成了乾枯的豆粒，蹦落出來。我已不能重新紮根於這塊可以耕耘的土地，而是被風連同枯枝敗葉吹向一個永遠陌生的荒涼世界。整整一個冬季的漂泊，對一顆豆來說已經是終生，它錯過了栽種又錯過了收穫。

既然做種子不行，做小鳥不行嗎？我決定做一隻鳥，而且做一隻夜鳥。夜夢雖然恐怖，但夜晚的大自然卻是寧謐且充滿幻想的。於是我又成了一隻飛行在那小鎮暗夜中的夜鳥。很奇怪，飛離土地後，我竟忘掉了自己，大概是因為視覺擴大了，我看到了許許多多過去看不見的事物；最令我驚訝的是，我能夠看到別人的夢境——那小鎮的夜，簡直就是一個靈幻的世界。

小鎮上，每一個人都做夢，而且白日裏每一個熟悉的面孔，都會像水中的倒影一樣，被扭曲、拉長出現在別人的夢中。所有的人都變得十分的醜陋，有的人面目可怖，有的人極度恐慌，也有的人不露聲色地獰笑。在這暗夜裏出現的人，不知道是戴上了面具，還是露出了真面目。

我看見一個個真實得不可信的情景，或許那是因為它們僅僅在惡夢中出現的緣故——

我看見，我那漂亮的語文老師，被三個小將在教室裏強姦了；

我看見，那個新上任的校長、把考卷送到縣委書記家裏，讓他的兒子先「熟悉」一下試題；

我看見，自己的母親為了一塊麵包，同一個廚子睡在一起……

那一切一切的夢，太荒誕，太不可思議，與白天所見的一切完全不同。

白日的世界容不下我，夜晚的世界又令我恐懼。我無處可去，只好賴在床上，用那七斤重的老棉被將自己捂得嚴嚴實實，迷迷糊糊地消耗一個又一個早餐，又悄悄地自瀆。自瀆實在是一件快樂的事，它可以讓我集中精神沉溺於快樂的時刻——說實話，在那個季節，我很久很久都沒法集中精神，我神情恍惚，不能專注地思考任何事物，對任何事物都失去了辨別和判斷的能力，甚至連幻想都不能，因為所有美好幻想到頭來都是一個惡夢般的現實——我根本不需要做人，只需要變成一隻淫亂的小懶貓，只需要異樣的快感。在那冬季，也只有那快意可令我陶然，令我迷而不醒，令我忘掉所有的不快。所以，我甘願以皮肉之苦的代價換取那片刻的自娛。

那少年時的自娛，如同在做一個春蠶吐絲的夢，吐出來的快樂之絲，最後變成一個足足七斤重的大蠶繭。如今，我雖然擺脫了那寒冷的冬季，卻成冬眠後孵出的螟蛾，孤寂成了永遠不能擺脫的影子。我甚至沒有比影子更實在的身軀，在這花花世界裏享受一分一秒的切膚之愛，更何況聲色犬馬地去放蕩一場？少年時的自瀆已將我的生命精血發洩殆盡，只剩下一個軀殼支持枯槁的殘生。

在這個多情的都市，誰願意分享那一份孤寂，誰願意知道你的那一個殘夢，你擁有的只是一個逝去的時代，一個遙遠的小鎮。在這個繁華的都市，我找不到與那小鎮的期望等值的夢幻，更不知道將那束生長在大牢裏的生命之花獻給誰。這裏，沒有誰願意欣賞那充滿血和淚的心花，人們欣賞的不過是艷極一時的插花和榮華富貴的美夢。

所以，我唯一的夢幻仍然是自瀆、自娛、自慰。

酒量

那天是父親出獄的日子。

他靜悄悄地回到家裏。沒有人去接他，也沒有誰來看望他。

家裏，就只有我和他，空氣有些凝滯。很少的對白，很簡單的言語。其實，我們的心裏都有很多話。

五年了，他離開這個家已經五年了。這五年對於那些生活在順境中的人來說，也許彈指一揮間就過去。但是，對於我和他以及我們一家人來說，卻長如一個世紀，是苦苦地熬過去的。五年前，這個家是一個多麼快樂的家庭呵，可是，今天只剩下了我和他。

他說：他們為我平反了。

平反！？平反有什麼用？這五年來所受的身心折磨可是一個「平反」二字所能抵

消，那心靈的創傷又豈是一次「平反」所能撫平？誰願意用五年的精神折磨去換取一紙「平反」通知書？我不知道怎樣回答他。

我說不清自己當時的感受。平反，恢復名譽，那意味着什麼？——將一面打破的鏡子重新黏合起來？多麼荒誕的世界呀，那已經不再是一面完整的鏡子，而是若干破碎鏡面的組合，每一塊碎片都折射着各自的影像。

又是很久的沉默。

天色漸漸暗下去，屋子也愈來愈暗。窗外的風一陣狂過一陣，有時儼如萬馬奔騰，似乎要將整個大地都踐踏一番。

我和他對坐在火爐邊，並藉着爐火的微光低語對酌。

父親好酒。這個特別的日子，當然值得喝上兩杯——雖然那酒是苦的，也是澀的。小桌上的兩道小菜都是父親最喜愛的，一盤滷豬耳、豬舌，一碟炒花生。

桌上的兩道小菜又讓我想起了五年前的那頓晚餐。那天，家裏高朋滿座，桌上擺滿了佳餚美釀，就等着正式入席了。就在入席的前夕，來了兩名便衣公安。他們很客氣地請我父親到公安局走一趟。他吩咐客人們稍等一會，說是去去就回來。可是，這一去就是五年。那頓晚餐儘管豐富，卻沒有人動過筷子、舉過酒杯。五年前，父親酒席上的朋友真不少，而且沒有哪一次晚餐像今天這般冷落。

我問：那晚上你有沒有吃東西？

他說：那個時候，就算是山珍海味擺在面前，也不會有胃口呀。

其實，那晚上我也一樣吃不下飯。

藉着火爐的微光，我發現父親的臉清瘦了許多，不像從前那般容光煥發了，相反倒添了不少風霜之色。他也變得寡言了，不像從前那般滔滔不絕。

過往探監的情景像電影畫面一般，一幕幕地從眼前流過。不過，在我的腦海中最清晰的影像卻是另一幕畫面——一個精壯的漢子戴着一副沉重的腳鐐，艱難地拖行着。

大牆內的生活是我所不能想像的。但是，我卻能通過自己在社會上所受的凌辱去想像他的遭遇。

父親慢慢地呷着酒，一副滿足自得的模樣。

我說，你可別喝醉了。

他說，你放心，我不是那麼容易醉的人。

我知道他有好酒量。我不過是擔心他太久沒有盡性飲過酒而飲過量不勝酒力。

我說，這麼多年了，怕已不記得酒的滋味了吧。

他說，哪裏的話，其實，這些年來，每一天的生活都是一杯酒，一杯精神的苦酒，那才是真正的酒呀。喝了幾十年的酒都不知道酒的味道，倒是不飲酒的時候，才真正品出了酒的滋味。

父親的話匣子終於打開了。不過我懷疑他喝醉了，說的話讓人聽不明白。

我說，你醉了。

他說，再過二十年，或許你會自己悟出這個道理。

我才不想知道這種玄理哩！我關心的是眼前的現實。我問：他們給你平反，會不會讓你官復原職？

他說，就現在這樣不是很好嗎？莫去計較那些虛浮的東西。來吧，為咱們的今天乾一杯。

但是……

他可知道，我，我的母親，我的弟弟，我們一家因他而失去了多少快樂又承受了多少痛苦？我怎也舉不起那隻酒杯。

老實說，我一直恨自己生在這樣一個家庭，也恨他為我們帶來不幸。正是因為他，我早早地失去了求學的權利，我被困在那窮鄉惡土的偏僻小鎮……那種窒息人的生活誰願意承受，那種苦酒又有誰願意嚐？

他獨自喝下了手上的那杯酒。

沉默。屋子沉寂得像一個墓穴。屋外的風仍在狂吼，飛沙走石如雜沓的鐵蹄從屋頂上滾過。爐火已經暗下去。我看不清他的臉，只是看見一個像靜默的石頭雕像般巋然不動的身影。我的眼裏蓄滿了委屈的淚水……

為什麼天地如此不公！？

我喝了一杯又一杯，父親也喝了很多很多。

我們之間的對話也愈來愈少。

夜色漸沉，風還在喧囂。漸漸的，我開始不勝酒力。朦朧中，父親在說，你醉了，上床埋頭睡一覺就沒事了。

我合衣躺在床上，想拋棄一切思想，沉入空寂的黑暗世界，忘記一切煩惱。可是，不一會，五臟六腑開始翻騰起來，並且翻江倒海般地嘔出一大堆穢物。一陣嘔吐之後，胃部總算舒適一些，然而依然頭昏腦脹，渾身鬆散無力。屋裏充斥着刺鼻的穢氣。

父親不聲不響地拿來掃帚，清理床前的一灘穢物。看着父親的一舉一動，我的內心充滿愧疚。父親來替我收拾，實在說不過去呀。然而，也就是在那時，我猛然發現父親已不再是五年前那個頗有幾分威儀的父親。他變成了一個普普通通的平民，然而卻更令我敬畏。

我有什麼權利去記恨他呢？他所遭受的不幸實在太多太多，他所失去的也比我多，但是他沒有一句怨言。

他默默地承受着一切，像那任人踐踏的土地一樣，吭也不吭一聲，送走了春，送走了秋，送走了一個個的寒暑。那是一個多麼堅韌的心靈呵！？

我終於相信，什麼樣的酒都不可能將他催醉、擊倒。

後來，我常常都在想，什麼時候，我才能夠有父親那樣的酒量，再濃再烈再多再苦的酒也喝不醉呢？

五糧液

我答應過老山叔，一年後回去看他。

沒想到，那只是個空諾。這一晃十三年，我不僅去不了，還愈走愈遠了。今年，下決心要返鄉下一趟，不為別的，就想專程給他送去兩瓶五糧液。

老山叔愛酒，最推崇的又是五糧液。那年頭，一瓶五糧液大概只值三元人民幣，不過已頗為高檔了，一般人看了都會咋舌。老山叔不在乎錢，只要有得買，從來都是傾囊而盡。千金散盡還復來，管它那麼多，喝！

老山叔曾經對我說過，喝五糧液可以成仙。那時候，我才十多歲，缺乏獨立的判斷能力，所以，半信半疑地記在心頭了。這些年，我也有了酒癮，而且非五糧液不喝。我開始感覺到那酒所產生的恍兮惚兮的神韻，特別是在大香港這充滿誘惑的慾海裏，才愈發感覺到它那令人超脫的神力。更奇怪的是，每一次端起酒杯獨斟獨酌的時候，老山叔就坐到我的面前了。這不是感覺，這是真的，他是為了這五糧液來的。我相信他是成仙了，不然哪來的這番跨越時空的本領。

老習慣，我們就像當年在紅陵壩一樣，盤腿坐在地上，就着一碟花生、一碟泡酸菜便對飲起來，有道是「酒熟無孤斟」。

他有很多話，似乎滿肚子經綸，不過他只是對我無所不談，對別人他可是從來少言的。他說：酒這東西絕不僅只是一種飲料，自古以來，有人借它澆愁，有人借它發瘋，有人借它壯膽，更有人用它顯示自己的豪興，也有人將它當「麗人」裝飾自己的生活。所以，有了關於酒的種種說法。酒為色媒，酒肉交兄弟，酒濃春入夢，酒酣耳熱說文章，我說，酒是一種精神的提煉。為什麼「自古聖賢多寂寞，唯有飲者留其名」？酒，才最具有人生的滋味。

所以，老山叔又說，不管如何的困頓，這五糧液都是要喝的。我曾問過他，這酒是用哪五糧釀的。他笑道：用什麼糧食都可以，只要這糧食來自人間，且為血汗所釀造就行。關鍵是你能不能品出它的味道。有的人覺得它是苦的，有的人覺得它是辣的，有的人則受不了它的烈性。但是，它真正的滋味卻是醇的。

是的，五糧液的確不同於其他的酒。雖然它沒有市面上林林總總的洋酒名貴氣派，但它卻是我的清醒劑和興奮劑。每天，當我拖着沉沉的軀殼回到家時，便是它幫我脫去沉重的人形，將我變成一縷精神的輕煙，讓我邀遊在那流溢着胭脂色的維多利亞港的上空，看香江兩岸不夜的風光，看那流溢着人間溫情的萬家燈火和那艷光熠熠的霓虹燈招牌。維多利亞港真像一樽巨大的酒樽，盛滿了名貴香釀，且又倒影着珠光寶氣的艷影，誘你去做一個紙醉金迷的幻夢。然則這與我何干？它可以灌醉那求生夢死的眾生，卻迷幻不住醉醺醺的我。

我真要感謝老山叔，是他教會了我喝五糧液。十三年前，我這個像秋風中無主的落葉般到處飄零的「黑小子」，偶然間踏進了那一望無涯的荒原紅陵壩，並在一個牧場做小工。在馬廄邊等我的，是一個約模五十歲光景的老馬倌。那人的模樣很讓人信得過，黑髮間有斑斑銀絲，一撮山羊鬍子一翹一翹，似乎很超然自得。最讓人肅然起敬的，是他戴着的那副圓圓的眼鏡。他——就是老山叔。

他不說話，我也不說話。也就是這樣，我相信他了，我想他也相信我了。在那樣荒涼的原野上，說話是多餘的。他什麼也沒說，便領我到原野上走了一遭。紅陵壩真大，天真藍，像一個沒有空氣的真空世界，寂寥得令人恐懼。尤其那天空藍得像吸血的幽魂，紅太陽伸出噬血的長舌，吮吸着這原野上所有生命的血液和精神，令這個本該充滿生機的大地，變得荒蕪空虛，只遺下孤子無依的旅人在蒼天下掙扎着前行。這是一個多麼可怕的世界啊，我不由得打了個寒顫。

老山叔似乎看透了我的心，於是笑了笑，解下酒囊，遞給我，說：「喝一口吧，壯膽的，在這紅陵壩、你得學會喝這酒，才有勇氣一個人走在這天地間。」

我呡了一口，只是一口，那是我生平第一次喝酒。酒很辣，而且刺喉。很奇怪，那一口酒下肚後，剛才產生的恐懼果然消失了，紅陵壩的天地間竟然迴響起一個老者寬宏的笑聲，讓你的心胸也一下子坦蕩、寬敞了。

那是什麼酒呢？它為什麼具有改變心境的魔力？

從那以後，我開始注意那老者。他同平常人並沒有什麼不同。若有什麼不同，那便是他的神態。他似乎總是醉醺醺的，神情總是恍恍惚惚的。其實，他沒有醉，那不過是一種悠然心境的自然流露罷了。從那山羊鬍子一翹一翹的樣子，你就可以看出他是一個多麼自得的人。

不過，他的目光也有暗淡的時候。在牧場每個星期六的例會上，他總是一個人蹲在馬廄旁邊，而不能與其他人坐在一起。待政治指導員講完一通國際國內的形勢和階級鬥爭新動向後，他就會被「請」到台前，低着頭交代自己這一個星期內的改造情況。這個時候，他是不能喝酒的，所以他看上去總是很疲倦。我不知道這一切是因為什麼，又是為了其麼，至今都還不懂得。

不過，老山叔從來不把星期六的不幸記在心頭。批鬥會後，他照烈要騎上那匹烏騅馬，策鞭馳騁一番。每一次，他都要帶上我，跑得很遠很遠，似乎就要衝出這寂寞的廣原了。之後，他會摸出酒壺，呷上兩口。這時候，他的鬍子又會得意地翹起來了。「人生有酒須當醉，來，喝上一杯，好酒啊。」他朗朗地說到，又把酒壺遞給我。

——自古聖賢多寂寞，唯有飲者留其名——紅陵壩的上空又迴響起那恢弘的聲音了。

我相信，老山叔喝的一定不是酒，而是一種「神液」什麼的。不過，事實告訴我，那酒壺裏裝的確實是酒，什麼辛酸苦澀的味道都有，老實說，並不美味。老山叔總是笑我喝酒的樣子，但也總是鼓勵我說：「不怕，不怕，慢慢就會習慣，就會品出它的真味。」

後來，我要離開紅陵壩了。那一天，我們又像半年前見面的時候一樣，誰都不說一句話。我同他騎在烏騅馬上，在大漠上馳騁了一遭。

臨別的時候，他解下酒壺遞給我，說：「天若不愛酒，酒星不在天；地若不愛酒，地應無酒泉。帶上它，濁酒可自陶，你會品出酒的真滋味的。」

就這樣，我帶着老山叔的酒壺回到了「人間」，而且學會了喝酒。大概是天生貧賤的緣故，我無緣享受任何珍饈華宴，也不喜歡在觥籌交錯的場合享受「葡萄美酒」，那樣，我會爛醉，醉得不成體統，醉得失掉所有的人格。我只對老山叔酒壺裏的酒感興趣，因為那是五糧液，夠辣夠烈，夠香夠醇，絕無胭脂味，當然也不會使你變成隻輕浮的蝴蝶什麼的。它只屬於孤寂的人，而且只屬於甘於孤寂的人，任何鍾情聲色的人都受不住它的苦澀，而精於調養的人也都敵不住它的酒力。

如今，我也愛上了五糧液。它不僅舒活我的筋骨，還疏放我的思想——它，成了我不竭的思想之源。我開始嚐出它的真味，也懂得了怎樣釀造它。

今年，我下決心回紅陵壩一趟，給老山叔帶兩瓶我自己釀製的五糧液。於是，寫了封信寄去紅陵壩。結果，紅陵壩的回信告訴我這樣一個事實——他已經死了。一九七九年的一天，他接到一張平反通知書，那一天恰巧也是他的退休日。當天，他就告別了牧場，告別了那個他生活了二十年的大漠，搭上一輛載貨的卡車走了。哪料到汽車在山道上顛覆，車毀人亡。人們說，他真不幸，好人總是命不好。

怪不得這些年夢迴紅陵壩，總感覺紅陵壩永遠有一縷淡淡的酒香，令天地格外高遠，令性情格外灑脫，原來是老山叔的酒壺打破了。老山叔哪會甘於三尺黃土下的死寂，他早變成了一朵浮雲遊蕩在紅陵壩的上空。

紅陵壩，我還是要去的。我不相信，嗅到酒香，他不來見我。

散去的宴席

那是一個週末，家裏高朋滿座，歡聲陣陣。

我和弟弟最喜歡家裏的這種熱鬧的氣氛，所以，在這種時候總是顯得特別的興奮與頑皮。那時候，大人們見到我們，都會說：這三個孩子既聰明又活潑，將來一定成大器。父親總是說：「都很野，常在外邊打架。」客人們卻總是附和着說：小孩子都這樣，不打打鬧鬧，相反不正常。

聽大人們這樣說，我們總是顯得格外的驕縱。

那年頭，父親是革委會主任，在那座小城裏頗有些人緣。所以，家裏整天都有人造訪。父親好酒，又好美食，常常邀上三五酒肉知己，在家中大快朵頤。酒酣耳熱之際，父親常令我和弟弟背上幾首唐詩。我們的吟誦總會博得滿堂的讚嘆。父親的臉上風光，我們也得意。

這一天，桌上又擺滿了大碟小碟的佳餚，幾個常客也都陸續到來。因為我母親還沒下班，客人們都堅持要等她回來才上桌。客人們都像尊重父親一樣，尊重我母親以及我們三弟兄。從他們的神態和言語中，我們都感覺得到那一種微妙的關係。其實，不只是那些大腹便便的人對我們一家人很客氣，就是在同學中間，我也能感受到自己有受人尊重的身分。這種自我意識更給了我一種高高在上的滿足感，而那種滿足感更助長了我的驕橫。於是，欺凌同學、隨意毀壞公物……便成了一種必然。我很喜歡打架與破壞所帶來的那種感覺。

就在父親與客人們高談闊論的時候，又來了兩個人。我認識他們，他們都是公安局的人，與父親很熟絡。父親邀他們一起吃飯，他們卻說要請父親到公安局去一趟。

在我們眼裏，公安局是個很神秘的地方，所以，我和弟弟也吵要跟父親一起去。在那年頭，很多地方都為我們大開方便之門。而我們分享父親的威儀，似乎也是天經地義的。

在路上，兩個穿便服的公安人員異常沉默。父親似乎感覺到什麼，將我打發回去。

回到家裏，母親一看見我，便焦急地問：「你爸呢？」

「到公安局去了，兩個叔叔陪着他去的。」

母親的臉色倏然變白，放在我肩上的手也顫抖起來。客人們發現勢頭不對，也都紛紛告辭了。

不一會，弟弟回到家裏，說：「爸爸叫帶一些洗刷用具去。」

母親慌張地說：「這下完了。」說完，拉着我們的手直奔公安局。

我們又看見那兩個公安人員，卻沒有再看見我父親。他們說。他已被拘捕。

母親又踉踉蹌蹌地將我們拉回家去。

客廳裏仍擺着滿桌子的佳餚，不過都涼了，屋裏顯得格外的空盪與冷清。

母親含淚叫我們吃一些東西。我和兩個弟弟無聲地吃完了那頓晚飯。在我的記憶中，那是最難咽的一頓晚餐。

夜晚，又來了一群公安人員。這些人都是來抄家的。經過兩三個小時的折騰，家裏全亂了套，抽屜、廂匣都統統見了底，甚至連地板也被撬開了。後來，他們查封了幾大箱書，一個壁櫃也被交叉封上了封條。一些文件則被帶走了。

那個晚上，我久久不能入眠，母親則一夜哭泣。

從那以後，我們家再也沒有朋友登門，就連那些一向對我們一家尊重有加的人，也都似乎不認識我們了。對於我們來說，小城裏的人一夜間都變成了陌生人。而我也一下子成了眾人眼中的壞種。

從此，我懂得了什麼是孤獨、寂寞以及被人嘲諷、欺侮的滋味；不過，也懂得了什麼是自尊與自強，以及懂得了對弱者的同情與憐憫。

被遺棄的空酒樽

又是緊張的一夜。累得像一頭垂頭喪氣的狗。不過，我不想回家。喝啤酒去。老K欣然答應。

旺角，女人街，大排檔。來兩隻黑啤，一碟炒蜆，一碟時菜。

戴妃死了。紅顏薄命。為什麼她的結局會如此悲慘呢？我很傷感，甚至想流淚，但不是為了她。她比我大一歲……

老K顯然沒聽到我說話。他的目光停留在一個性感夜之女的身上。我的目光也被吸引過去了。雙峰凸出，長髮，白皙的美腿，款款走過，進入一間時鐘別墅。

剛才說什麼來着？我不想再做這份工，太困身。我舉起杯，猛喝幾大口，長舒一口氣。

做什麼呢？寫小說？老K不以為然。世事哪有那麼完美。老K也是一個不安於本份的人，業餘玩音樂，與人合組了一個樂隊，他是鼓手。

我將樽裏的酒都倒進了杯裏。沉默。我們都不是口若懸河的人，在一起常常冷場。眼前擺着一隻空酒樽，樽內殘留的白沫正往下流。

其實我並不是那種視文學為生命的人，我不需要將精力都放在這上面。小說，不過是我的一種表達工具而已。這些年，我的精力透支得很厲害，我的腦子空空盪盪，什麼也寫不出來。我像一隻被困在籠裏的野獸，失去了曠野，也失去了靈性。像我們這種動物，本來就不該生存在這種環境，一事無成，卻又累得半死，簡直受罪。

老K說，命呀！

是呀，是命。我現在的生活真他媽的毫無邏輯。我告訴老K，這個月開始，我又要讀書了，暨大的文藝學碩士課程，兼讀，四年，跟饒芃子。

老K笑道，讀來做什麼？

說不清楚，不能說是一時衝動，也不能說有什麼抱負，只能說是很自然走出的一步。去年讀了一些關於小說、戲劇理論的書，於是有一陣子迷上了敘事理論。今年初偶然看到暨大招研究生的廣告，抱着試一下的心情去投考，結果中了。老實說，我倒希望不中。我又要花四年的時間去讀一些莫名其妙的書。你說，我到底在搞些什麼？真他媽的荒唐。

老K舉起酒杯，長飲一口，說，你在被這個社會同化，在追求一些原本你不需要的東西，所以搞到沒有精力去實現你的自我價值。

老K說得對。我失去了固有的引力，偏離了軌道，在一個失去磁場的空間裏胡衝亂撞。不可思議的人生，理不出頭緒的軌跡。

剛才那個夜之女從別墅裏出來了，款款的步態，白皙的美腿，長髮，凸出的雙峰。我和老K的目光都跟着她轉，目送她遠去。

老K問，你跟你老婆的事怎麼樣了？

老樣子，前陣子幹了一場，我第一次打她……

下得了手嗎？老K似乎不相信。

比想像的更容易。從拍拖算起，我們在一起已經十七年了。鬧離婚已不知多少次。這一次，我真希望是真的。但是，不太可能。賣房子，分家產……不容易走出的一步。我有點捨不得失去那間書房……說不清楚，這段時間正處於冷戰時期，也許明天早晨她又摸上我的床。哈哈，乾杯。

又一隻酒樽空了，殘遺的白沫緩緩向下流着。望着那些棄置一旁的空酒樽，我想到一個個沒有靈魂的人。我很想唱歌，就唱這些空酒樽，可是唱不出來。不能表達自己心中的感受，真是一件痛苦的事。老K，你仔細看看這些空酒樽，一定有很多感受，你該為它們寫一首歌。

老K真的認真看了一陣那些空酒樽。他說，你醉了。屁話，我不會。老K還沒領悟到這些空酒樽的生命意義。

天色已漸白，快六點了，又一天開始了，回家吧，夜貓子們。

我和老K搖搖晃晃地向彌敦道走去。路過一個報攤，收音機裏正播放戴妃遺體運回英國的消息。我對老K說，她大我一歲……她死了，我還活着。收音機裏說，英國人都視她為永遠活着的皇后。

不死的皇后，抑或被遺棄的空樽？我的腦子被這個念頭難住了，不明其解。

九七年九月一日

旅途

寂寞而漫長的旅途。

西去的列車在中原大地上疾馳。窗外，一派蕭瑟，黃河無聲東流，黃土高原像一座座孤塚，埋葬了四季的豐盛。

那是一九八三年的冬季，我由南至北、由東至西，作了一次長途旅行，沿途經成都、重慶、武漢、九江、南昌、鷹潭、廈門、杭州、上海、南京、鄭州、西安……

在江南，一路所見，郁郁蔥蔥、細雨紛紛，感覺中，似乎杜牧正在詠着〈清明〉伴我同行。然而，火車隆隆軋過南京長江大橋後，便愈走愈蒼涼，一路的景色如一卷發黃的古籍，枯燥無味，不堪入目。一望無際的焦土撲入眼底，又被嘶吼着向前奔馳的鐵甲長龍擲於身後。偶爾，可看見一兩棵高大的柏楊矗立在蒼天下，遠遠看去，活像落魄的旅人，格外孤子。這時候，似乎換了王昌齡坐在我身旁，他正以悲涼的聲調詠誦着〈從軍行〉。

那杜牧是什麼時候下車的呢？莫非車過蘇州，跑去寒山寺晤張繼，迷上楓橋夜色，誤了班次，抑或溜回揚州，尋訪瘦西湖畔楚腰纖細的揚州女？我還是喜歡同杜牧這樣的人同行。這個落魄江湖的浪子，還沒有講完他的冶遊經歷呢。

車廂內，疲倦的精靈依附在每一個旅客的體內，人人昏昏欲睡。車廂的一頭，幾個年青人強打精神在玩撲克。另一邊，一個中年男子凝視着窗外，一口接着一口地抽着煙，顯然滿腹心事。他的對面，一個幹部模樣的老人正在讀報紙，他的臉被報紙遮去了一半。從側面看去，可以看見「清除精神污染……」的套紅大字。

寂寞中，我摸出一本《紅與黑》，「聽」司湯達那法國佬縷述于連和德瑞拉夫人的風流事。很快，我便忘記了自己正穿梭於中原。

不知是在鄭州，還是別的什麼地方，上來一個女人。她就坐在我的對面。起初，我並不在意她的存在，只把她當作一個很模糊的影子。後來，我的視網膜提醒我，她在注視我。我將目光移開書本。瞬間的對視，她露出笑臉，我也報以皮笑肉不笑的面部表情。

寂寞的旅人唯一的渴望似乎便是言語的交流，所以，不管你面前坐的是什麼人，總是很容易搭上，而且不用了解彼此的背景，亦熱乎得像相識已十年的朋友。不用說，一個微笑已拆去了我們之間的第一道陌生的屏障。

她說：「《紅與黑》是一部好書。」

我說：「不錯。」

她問：「你到哪裏？」

「四川。」

「哎呀！我們同路，我的家在成都。」她立刻改用純正的四川話同我交談。

同鄉，操着同一種方言，那份親切便不用說了。自然而然的，又一道防備的屏障拆去了。放下戒心，話題自然也就多起來。我們說到麻婆豆腐，說到夫妻肺片，說到武侯祠，說到薛濤井……說不完的蜀都風土，道不盡的巴蜀風情，甚至還可以扯上幾個彼此都知道的川中名流。漸漸地，鄰座的存在變得毫無意義，似乎整個列車、整個旅途，只剩下我和她。

在言語中，我略為知道一些她的情況：已婚，有兩個孩子，大學工科畢業，在一間國營機械廠做技術員，嗜好讀小說……

一說到小說，我們的話題便扯遠了，巴爾扎克、托爾斯泰、司湯達、薩特……隨興道來，又隨意批評一番。當然，我們說得最多、最深入的，還是關於于連和德瑞拉夫人的事。

汽笛長鳴，列車鏗鏗輾過中原，車過洛陽、三門峽、潼關、華山、西安……似乎每一個站，每一程路都在見證那海闊天空的長談。是什麼緣分將我同她安排在同一個車卡，讓我們無拘無束地暢談，並將我們的話語撒播在中原大地上的呢？如果有機會重踏隴海線，我還可以從一路的風景中，重讀到我們的隻言片語。

夜幕覆蓋中原，窗外晃過千奇百怪的黑影以及倏然而逝的燈火；車內，昏暗的車燈撒下柔和的光，很多人都沉沉睡去，露出各種各樣的睡態。鬧哄哄的車廂終於安靜下來。

她也疲倦了，連打幾個呵欠，合上了眼瞼。車窗像一面鏡子，照映着她的臉。她的睡相不是太好看，微張着嘴，令人擔心隨時都會流出口水；她的模樣很普通，唯一耐看的是她的嘴唇，厚厚的雙唇予人一種幻想……我不該有那樣的非份之想，大家萍水相逢，偶然的相遇，最終是無牽無掛的分手，如果說，有任何的緣分，那也不過是上天無意的安排。

列車鏗鏘鏗鏘疾馳，人置身其中，像回到搖籃裏一般。一種無法抗拒的慵倦在體內擴散，我也閉上了雙眼。

恍惚中，我感覺身上蓋着一件厚物，睜眼一看，她正將她的風衣蓋在我的身上。「車就要過秦嶺了。小心着涼，蓋件外衣會暖和些。」她的聲音很柔和，像母親對着兒女說話時那般親切，又像妻子對着丈夫說話時那般體貼。我伸出雙手，緊握住她的手。她掙扎了一下，但軟綿無力。我和她都沒法抗拒這突如其來的衝動。

她厚厚的雙唇翕動着，相信她早就渴望着這一刻。

車過秦嶺，氣溫不斷下降，我們的心卻愈來愈熱。之後，那是一路的溫存。

那個讀報紙的老人醒過來。當他看見這對陌路相逢的男女擁在一起的時候，眼裏流露出不解之光。他索性將報紙蓋在臉上，來個眼不見心不煩。

我又看見了那幾個套紅的大字：清除精神污染。

坐在另一端的那個中年男子，還在一枝接着一枝地猛抽着煙卷，他依然滿腹心事。

列車繼續吼叫着向前奔馳，似乎要驚醒那死寂的大地。我和她儼若一對相戀已久的情侶，以熱吻和擁抱，彌補着旅途的空虛、惆悵。沒有任何的承諾，也沒有任何的表白，只是在不明不白、似醒非醒中，盡享那人生旅途上偷來的片刻歡怡。

終點站到了。我們也該分手了。她的家就在成都，我卻還要繼續趕路。

臨分手前，她留下一張寫着她的名字和地址的紙條。她說，下次來成都，你可以隨時來找我。

她走了。

那一年，我二十一歲。

那以後，我一直想忘掉這件往事，以及那個女人。可是，我沒法抹去那段中原之旅的記憶——它已永永遠遠地銘刻在這人生之旅的長卷裏了。

如果那也是一首詩，不知杜牧讀後會有何感想。他一定會笑我癡。都是杜牧不好，早早地下了車。如果有他同行，定不至於發生這樣的事。或者，我也應該留在西湖邊，與他做同一個「揚州夢」。

上天的安排為什麼總是不講邏輯，那麼隨意！

攝影二三事

擺弄相機曾是我玩弄文字之餘的另一個嗜好。不過，我從來沒拍出一張具專業水準的相片，所以我享受到的樂趣始終限於業餘的自我陶醉。志不在成名成家，也就不在乎是否能拍出驚世之作。對我來說，能享受到玩物的樂趣已是相當的滿足。

如今，彩色沖印成行成市，加上科技日新月異，攝影術更是千變萬化，我追不上這些新潮流，漸漸的也就疏遠了相機。

我最懷念的，還是黑白影像的時代。而最初享受攝影術的樂趣，又是在十二、三歲的時候。那是文革的後期，父親在四川的一個小鎮做一個比芝麻官還小的小官。大概是任閒職的緣故，他常常以畫畫、攝影打發時間。記得有一個晚上，父親在家裏沖印照片，我和弟弟也守在一旁。那是我第一次接觸暗房的工作，所以，既感興奮，又感神秘。

關好門，拉上厚厚的窗簾，換上紅色的燈泡，工作便開始了。不過，沖洗工具簡陋之極。沒有曬相的燈箱，便用毛玻璃和木框做成一個類似相架的夾子來代替。曝光前，先將底片和相紙疊放在夾子中間，然後將玻璃面對着白熾燈，開關一開一合，也就算完成了曝光的程序。顯影液和定影液則分別用兩個大陶瓷碗盛載；沒有上光機，便將相紙的光面貼在潔淨的玻璃上，等它自然風乾。可以說，那樣的沖曬方式，原始得像小孩玩家家一般，不過那樂趣卻是在設備齊全的標準暗房裏不曾享受到的。

那晚沖印出來的照片，至今仍保留在我家的相簿裏。閒來，翻開相簿，看見自己十二、三歲時的模樣，不禁啞然失笑——冬天，穿着一件厚厚的大棉襖，臃腫笨拙，嘴張得老大，露出兩顆兔子牙齒般的棚牙……一個傻呼呼的少年人。

年紀漸長，對攝影的興趣日濃，二十歲左右的時候更到了「發燒」的地步。那時候，從父親手上接過一部蘇聯產的相機，真是愛不釋手。從此，一有空閒，便掛着相機到處獵影。沒有錢購置暗室設備，便厚着臉皮向有暗室的單位求借。有時，甚至要做上一點不惜代價的交易。記得有一次，為了借用文化館的暗室，我將家裏的兩瓶五糧液拎去送給那個好酒的攝影師。

再後來，手上的相機換了日產的藝康，身上的鏡頭也愈揹愈長，暗室設備也一一添置。然而，技藝卻不見提高，所以至今拿不出一張值得炫耀的成績表。相反，倒有不少與攝影有關的糊塗事，常常在記憶中顯影。

就說半年前的一件事吧——

那天，我專程到順德大良探訪一個多年不見的朋友。到大良，免不了要遊南粵四大名園之一的清暉園，當然也少不了拍照留念。朋友兩夫妻都是美院科班出身，我相信他們拿起相機一定也像拿畫筆一樣，很講究構圖與光影，所以，暗想這一輯照片一定很有水準。三十六張的膠卷很快就拍完了。朋友再扳了一次捲片器，還可以再偷一張，於是我和他太太又站在一起，做足表情合影了一張。朋友再扳一次捲片器，還有，這一次輪到我和他對住鏡頭了。他的太太動作很慢，我的面部肌肉由笑容轉成僵硬的苦笑了，她才按下快門，我接過相機，再扳扳捲片器，還有！

糟了，膠卷沒拉過去。

回到朋友的住所，朋友鑽到被窩裏檢查相機，果然，膠卷沒上好。這就是說，剛才在清暉園裏苦心擺出的「甫士」以及一次又一次露出的笑容都變成了泡影。我們當然不可能再重回清暉園，找同樣的景致、擺同樣的「甫士」、做同樣的表情。逝去的畢竟已經逝去。我們只好草草拍了幾張，以為紀念，不過拍攝起來已不是那麼投入了。還好隨意拍的幾張效果都不錯。

莫非真是有心留下的倩影留不住，無心攝入鏡頭的表情卻成了永久的記憶？

我想說是的，因為在攝影上的憾事實在太多太多，而且那些事都印證着這個道理。

十多年前，我和四川詩人王敦賢結件遊瀘沽湖，也留下了一件憾事。我們在那裏拍下了不少的照片。回到城裏，我在家裏將膠卷沖出來後，因為一時無暇曬相，便將底片順手夾在一本雜誌裏。幾天後，準備沖曬時，揭開雜誌，才發現膠卷同雜誌黏在一起了……就這樣，那次瀘沽湖之行，沒留下任何的影像。

八三年，我由重慶搭船南下，沿途拍下不少三峽風光。船過宜昌，眼前頓時一亮，一道大壩將長江攔腰截斷，氣勢如虹。那就是葛洲壩了。高大的船閘，雄偉的壩身，震撼着人的心靈，就連手中的相機似乎也歎服於它的壯美，「咔嚓、咔嚓」響個不停。膠卷很快用完了。我倚着船舷換膠卷，誰料，一不小心，剛映完的那一卷掉進江中。就這樣，一組三峽風光的畫面付諸東流了。

無奈？惋惜？

相機沒給我帶來多少值得保存的畫面——尤其是那些人人爭相獵影的絢爛景致，倒讓我的心攝下了這麼一些迂拙的瑣事。我想，這大概是老天對我的啟發——風光的事與我無緣，做自己喜歡做的事吧，不要管有沒有回報。

漸漸地，我發現，攝影機不只是面對外在的景物與人物，還對着自己的靈魂，紀錄生命中的得與失。

有一年，在重慶朝天門碼頭，我結識了一個畫畫的小夥子。出於對藝術的共同愛好，我們談得很投機。後來我提議到長江大橋橋頭拍照留念，他欣然答應。於是，我們又搭車到長江大橋，從橋這頭跑到橋那頭，分別同那四尊引起過爭議的塑像合影。小夥子頭頂鴨嘴帽，肩掛畫板，站在雕塑前，頗有幾分藝術家的派頭。在拍攝的時候，我還刻意替他拍了幾張頭部特寫。拍完照以後，他說，照片沖出來以後，別忘了寄一份給他。我滿口答應，保證不會忘記。

回到家，照片沖洗出來後，我翻開通訊簿，這才想起我們忘記了留下彼此的通訊地址。我只記得他姓楊，他所搭的船是沿嘉陵江而上的。望着照片中的他，我只好獨自說一聲：對不起，我失信了。

後來，每當我清理相簿的時候，再看到那一組照片，心中總是有一種歉意。有時，心中也會暗存一絲邂逅的希望。上天可以安排我同他認識，難道就不會安排我與他重遇？

從第一次接觸攝影到現在，已二十個年頭，我沒有學到多少高深的攝影技巧，卻感悟到點點滴滴的人生道理，這大概也是一點回報吧？所以，我並不在乎攝影本身的得與失，在擺弄相機的過程中，能得到一點人生的啟發，已是一大快事。

第四輯

邊城歲月

歲月如風

母親和父親吵鬧了一輩子。聽弟弟說，母親在去世的那一刻，以極冷的目光瞪了父親一眼。母親到死的一刻，都沒有原諒父親。

父親一世風流，活得很快活。他坐牢也坐得比別人輕鬆。在他的生命中，不知道有沒有痛苦二字。可以相信，如果要他來回憶今生，將會是一個截然不同的版本。

父親的快樂，卻為這個家庭帶來了無盡的痛苦。

從我懂事那一天開始，這個家就是一個破碎的家。

那天，父親和母親吵得真厲害。母親將自己反鎖在房間裏，父親掄起斧子狂劈木門，將木門劈了一個大洞。門破開了，父親和母親扭打在床上，披頭散髮……

我和兩個弟弟目睹着這一幕，兩個弟弟都嚎啕大哭。我沒有。我看着他們扭打。那時候，我大概十一二歲。

我永遠不知道他們為什麼事情廝打。在往後的歲月裏，不管他們多麼親密，我總覺得他們並不相愛。

暴烈的扭打，瘋狂的咆哮，撕聲裂肺的大哭……這就是我們家這段家史的序曲。

我找不到一個好的開頭，只能從這裏寫起。因為，從那天開始，我才懂事了。

一、

一個晚上，我從夢中醒來，聽到父母的床上有些異樣的聲音。

父親在向母親說着什麼。

我感覺到有什麼麻煩事發生了。父親說他沒有做過，別人冤枉他。而那件事好像關乎一個女人。

我聽得不明不白，漸漸又入了夢鄉。

以前，父親是很少回家的。他在鄉下做黨委書記，又是革委會副主任。但從那一夜以後，父親一直在家裏。在我整個童年中，與父親朝夕相處的生活就是那一段日子。後來，我才懂得，父親在這一段時期正接受停職檢查。

父親在家裏可清閒呢。他在家裏做木工，用家裏存放的上等木料，做了一套結實而新潮的家具。別人都說我父親聰明，能幹。他不僅為自己做，還幫別人家做。父親說，男孩子一定要有一門看家的本事。所以，也手把手的教我鋸木、刨木。那年頭，沒有人說讀書這回事，只求有一門手藝，能掙到三餐。父親希望我長大後做一個木工。

父親在家真好，我們一家常常能吃上雞肉、羊肉、魚肉。鄉下水庫捕的大魚，送到我們家來，一家人吃不完，還要分贈給鄰居。父親好酒，有很多酒肉朋友，所以，家裏常常高朋滿座。酒酣耳熱，總愛談論天下大事。父親似乎無所不曉，對什麼事情都有絕對的發言權。我這人關心時事、愛侃天下大事，就是那時候埋下的種子。我總愛守在父親的酒桌旁邊，聽他們高談闊論。

父親和母親的關係時好時壞。這一天，不知為什麼事情，家裏又鬧得天翻地覆。這一次，掄起斧子的不是父親，而是母親。母親用斧子狠狠地劈父親剛做好的碗櫃。事情不知道怎樣開始，又是怎樣結束的。但我一直記得這個碗櫃。事後，父親將碗櫃修好了，將櫃面的斧痕都用石膏填平了。可是，不知道為什麼，這個碗櫃一直沒有上漆，所以，那礙眼的斧痕一直讓我記起不愉快的事。後來，碗櫃成了我的書櫃，我用一張白紙覆蓋在上面，又壓上一塊玻璃，別人都看不出這個「書櫃」有何「傷痕」，只有我知道。這是後話了。

事實上，發現砸碗櫃的事情之後不久，另一件事情發生了。父親被捕，從此，我們的生活乃至我們的生命都改觀了。

二、

一九七五年冬季的一天，我們家又在請客，桌上擺了大碟小碟的菜餚。家裏坐滿了客人，就等母親回來開餐。

我和兩個弟弟在屋外的牆下曬太陽。我從小就是話匣子，這天照例在瞎扯故事。這個下午似乎比平時長，母親總不回來。

後來，來了兩個公安局的叔叔，他們都是我父親的朋友，所以，儘管沒穿制服，我還是認出他們是公安局的人。兩個叔叔很客氣地問，爸爸在家嗎？我們齊答，在家，並領着他們進屋。父親熱情地招呼他們一塊吃飯。兩人客氣地回絕了，又客氣地請父親到公安局去一趟。父親對客人們說，你們在家等等，也就跟着兩個叔叔出門了。

到公安局是一件很神奇的事，所以，我們三弟兄都跟了去。走到一半路時，父親對我們說，你們先回去，對母親說，不用等我吃飯了，你們先吃。

我回到家時，母親已下班回來。母親一聽說父親說不用等他，臉色驟變。我不知道這是怎麼一回事，但也知道事情不妙。坐在家裏飯桌前的客人們都借故走了。這些人大都是我父親的下屬與同僚，也是我們家的常客。但從這一天後，似乎都不認識我們家的人，見到我們不是避得遠遠的，就是當沒看見。不說這些人了。

母親一個勁地問，父親都說了些什麼。父親就那幾句話。後來，二弟也回來了，他說，父親叫送被蓋、衣物與毛巾、牙刷，還要一個洗臉盆。

母親的面色刷白，神色慌張。她東一頭、西一頭，將父親要的東西都收拾好後，挾着被蓋捲，拎上一個包袱，領着我，深一腳、淺一腳地往公安局奔。我們已不能再見到父親了。公安局的人將東西收下來，又拿出一張紙，唸給母親聽。父親被正式拘留了。

回到家，母親伏在我的肩頭，不斷地抽泣。我不知道該對母親說些什麼，唯一能做的，就是挺起我的肩，讓母親的頭伏在我十三歲的肩上。母親說，長兄如父，以後，你要多點照顧兩個弟弟。

家，一下子變得死寂而冷清。滿桌的佳餚美酒，都冷了。

母親說，你帶兩個弟弟吃飯吧。

這時，來了兩個鄰居。她們極力安慰母親，勸母親吃些東西。

母親說，什麼也吃不下。

這是我們家最難忘的一頓晚餐。

三、

夜晚，又來了一班公安人員。他們是來抄家的。

這時候，母親已抹乾了眼淚。在公安人員面前，她回復了以前與父親吵鬧時的神情，看上去很不好惹。

不一會的功夫，家被抄翻了天，亂七八糟。我也是在這個晚上，才徹底知道了我們家箱箱櫃櫃裏有些什麼東西。能夠打開的箱櫃、抽屜都打開了，似乎找不到他們感興趣的東西。

公安指着門口幾個木箱，要母親打開。母親說，那是朋友寄存在我們家的，不能動。公安半信半疑，最終說不過我母親，也只好作罷。他們取出封條，將幾個大木箱和一個壁櫃的門都交叉貼上了封條。

從此，我們就對着那些封條過日子。

其實，我知道，那些木箱都是我們家的，裏面裝滿了書，還有父親的詩鈔等。

也許是加上了封條的緣故，我對那幾個箱子總有莫名的興趣，想知道裏面究竟還有什麼東西。

有一天晚上，母親將其中一口箱子底部的木板撬開，在裏面取出了一些東西，又將箱子原封不動地擺好。

很多年後，那些封條都自然斷裂了，也沒有公安局的人來過。我也開始模仿母親的做法，將箱子的底部撬開，裏面都是書，不少書還是線裝的，如《李太白集》、《文心雕龍補注》等，這些書都是民國時期出版的。另外，還有一些建國初期的文史著作，如《資治通鑒》、《史記》、仇兆鰲注的《杜少陵集詳注》等。父親看書不是在上面劃線，就是在旁邊劃圓圈。這些書現在都成了我的珍藏。不過，也只限於珍藏而已，我看不慣那些密密麻麻、不加標點的古文。對我來說，這些書之所以珍貴，在於它們見證了那一段歲月、那一段秘密。那時候，我最喜歡看的是一本叫《秦併六國平話》的書。

有一次，我在木箱裏找到一個筆記本，裏面都是一些舊體詩詞，有些是父親寫給母親的。他們也曾相愛過。

後來，我常想，那晚抄家，最大收穫的應該是我。至少，令我對那幾箱書總懷有神秘的探究之心。

最可惜的是，後來其中一箱書成了鼠窩。有一年搬家，我不得不打開那個箱子，裏面的書成了一箱碎紙，碎紙中有一窩圓滾滾、肉紅色的小老鼠。

四、

父親坐牢後，我們一家頓陷困境。

這種困頓既是精神的，也是物質的。

第二天一早，我一踏進公廁，就看到牆上歪歪扭扭寫着幾句順口溜，那是諷刺我父親的。原話記不得了，大意是公安揪出了一個壞人。那些語言都是當時的流行語言。我想像不到，自己的父親一夜間變成了階級敵人。我又羞又惱，回到家向母親說了。我知道，那是我的同學小東寫的。他的父親是勞動局長，在我們這個大院裏，他總是比別人威風、調皮。母親拉着我的手，到小東家向他的父母投訴。小東被他的父母數落了幾句。後來還是他的父親去把那幾句順口溜擦了。那些寫在牆上的話語雖然擦掉了，但寫在我心中的屈辱卻是一世也擦不掉的。小東後來還是我的朋友，他大學畢業後，還向我道過歉。我沒有責怪他，但總是忘不掉這件事。

回到學校，所有的同學都以奇異的目光看着我，等我一轉身，他們便發出一陣議論聲。我身處在一個群體中，但明顯被孤立起來，我像一個帶有病毒的瘟神，沒有人願接近。我真想從此離開學校，但我知道，我不上學，打擊最大的還是我母親。弟弟放學回到家，哭嚷着說不願上學了，母親的淚水撲倏倏流個不停。她說，乖孩子，你不讀書，人家更會欺負你。

我們一樣天天揹起書包上學去。奇異的目光、白眼、冷嘲熱諷，慢慢就習慣了，也麻木了……

從那個冬天開始，日子過得一天比一天清貧。家裏再也沒有美酒佳餚，小飯桌上永遠只是一兩碟小菜。難得打一次牙祭，照例要先讓兩個年幼的弟弟吃個飽。母親總是將最好的菜留給我們，我自然也忍着嘴，不去夾最好的菜。母親看得出來，於是，將菜分到我們碗裏。那個年頭，本來就物資匱乏，在我們這樣的家庭更是捉襟見肘。母親當時的月薪只有十八元人民幣，要負擔一家四口的生活，只有一個銅板掰成兩個來用。每年的冬季到來時，總要買回幾車包菜(廣東人叫椰菜)，曬乾，製成幾大罎鹹菜。這些鹹菜，就是我們家一年裏的主菜。後來，我一看到這種菜就不開胃，想嘔。

儘管日子過得清苦，我們卻不曾捱過餓，受過凍。母親從來沒有閒過，平時，不是為我們織毛衣，就是納鞋，做棉襖。母親的手很巧，手工也精緻，所以，我們三弟兄走出去，總是大大方方的。鄰里常在後面讚，好樣的娘們，真會過日子。

五、

監獄和我們家所住的大院，其實只一牆之隔。別人說，父親在獄中還做木活，替公安局的人做家具。

母親說，也好，能夠活動筋骨，好過一直呆坐在牢裏。

在院牆這邊，常常能聽到大牆那邊傳來的鋸木聲和砍木的聲音，二弟一聽到做木活的聲響，便大聲地叫爸。不知道牆那邊的人是不是我們的父親。他一聽到二弟的叫聲，總會停頓一下。

在大牆這邊，有一棵大槐樹，樹幹高過大牆。我和二弟常常爬上去，想看看父親做木活的情景。槐樹還是不夠高，只能看到牆那邊的屋脊和鐵絲網。

回到家裏，二弟對母親說，我們爬上樹叫父親，卻沒有回應。

母親一聽，又流淚。她將二弟摟在懷裏，說，以後別爬樹了。爸爸聽不到你們的叫聲。

我們依然常常到大牆邊，聽那邊做木活的聲音，不過，不再叫爸了。我們只要知道父親在那邊做活，便心滿意足了。

終於，我們可以探監了。

那一天，母親領着我們來到監獄。大牢的牆很高很高，巷子也很深很深。我們在一間破舊而空蕩的房子看到父親。父親變了樣子，成了一個光頭，像個和尚，衣服是一身藍，全無往日的神采。他也瘦了很多，臉色有些黃。但看見我們，他一臉笑容。

母親為他帶來了幾本白皮紅字的馬列著作，《共產黨宣言》、《反杜林論》之類的書。公安只讓帶這些書。父親拿出一張紙，上面寫了一首詩，表達對母親的思念，也激勵我們好好讀書，求上進。

見面的時間很短。獄警很寬容，多給我們五分鐘時間。

母親緊緊握着父親的手，說不出話。她的手，她的身子都在發抖。

離開監倉，隨着身後的一道小鐵閘「咣」一聲關上，母親的淚水便如泉水般湧了出來。我們緊跟在母親身後，走出那道深而窄的巷子。

六、

大概是一年後，小城又開公判大會。城裏開萬人大會，總是在我所讀的那所城關中學。學校的操場很大，可容納一兩萬人。

這次公判大會，規模特別大，城裏各機關、企事業單位的職工都要參加，學校的師生也要參加。操場上人山人海。

十幾個被反綁雙手的犯人，胸前掛着一塊寫着罪名和姓名的大牌，被荷槍實彈的公安押到主席台前，低頭面對成千上萬的人民群眾。我認出了父親，他的頭被剃得更光了。他也埋着頭。在我心目中，我父親總是揚着頭，意氣風發地做人的。我從沒見過父親這樣垂着頭。在少年人的心目中，父親總是最神武的。可是，我的父親已失去了他往日的驕傲。這對我來說，無疑是一次巨大的打擊。父親的形象在我心中從此幻滅。

我已記不得整個公判大會的過程，只記得自己的窘迫。好像我也在接受着公審與判決一般，我埋下頭，一直不敢看台上台下的人……

好不容易捱到公判大會結束。父親和其他犯人都被推上大貨車，遊街示眾。很多人都追着大貨車，看熱鬧。我第一時間跑回家。母親躺在床上，淚已流乾了。她已從廣播中知道結果，父親被判刑八年。

八年，中國人打小日本，也用了八年時間。八年抗戰，那是多麼長的歲月呀。

母親問，往後的日子該怎麼熬？她像在問我，又像在問自己，更像在問天。

大街上鬧哄哄的，大概是遊街的車隊經過大院門口。

母親在床上躺了一個下午。我也靜靜地在灶房裏的一張小櫈上坐了一個下午。我一動不動地坐在小櫈上，背靠着牆，發着呆。從那以後，我常常發呆，不知道都想了一些什麼。為人愚笨的我，從那時候開始便呆頭呆腦的了，一直被人認為腦子有問題，我成不了聰明人，前因大概在此。

母親那晚對我們說，孩子，以後你們的路會更難走，沒有人可以幫到你們，將來的路要靠自己去走。但要記住，不要走歪門邪道，做人做事都要對得住自己的良心。

母親說話的聲音很弱，但份量很重。

那天晚上，母親一直在她自己的睡房裏呆坐，屋裏的燈光昏暗如燭光。我們家的燈泡只有二十五瓦，電廠的電壓又不夠，燈絲紅紅的像一條蟲。我悄悄走進母親的房裏，看見她的身邊有一條長長的帶子。我的心呼呼狂跳。

我說，媽媽，你不能……

母親將我擁進懷裏，說，我不會扔下你們三兄弟。

七、

那以後，母親和我們擠在一個房裏，一個床上，四口人緊緊地依偎在一起。

冬夜，狂風呼嘯着從邊城的夜空掃過，從黑沉沉的屋脊掠過。又一個嚴寒。為了節省木炭，我們早早地用炭灰蓋上紅炭，讓火盆保持一定的熱度。我們早早地上床，鑽進被窩裏。母親常常為我們講故事。家裏連收音機也買不起，唯一的娛樂就是講故事和玩投影。

母親的手很巧，她常常將雙手置於燈前，然後變換各種手勢，在蚊帳上投射種種影像，如小白兔、吠叫的小狗、啼鳴的公雞等等。有時，她又教我們玩繩結什麼的。這樣的夜晚倒也充滿了樂趣。

後來，二弟吵着要聽中央台的學英語節目，母親託人從上海帶回來一個小巧別緻的台式半導體收音機。這個收音機成了我們家最奢侈的電器，上面還帶有鬧鐘，一家人都將它當着寶貝，母親還特地勾了一塊花巾蓋在上面作保護。有了收音機，我們的夜晚又多了一些聲音。不過，收音的效果並不是很好，有太多雜音，聽一晚收音機下來，還滿耳喳喳喳的沙子聲。我們那小地方離首都幾千公里，遠隔千山萬水，能聽到充滿雜音的中央台已很不錯。那時候，我們聽的是《洪湖水浪打浪》。（很多年後，我在香港聽收音機，那聲音清晰得像有人在耳邊說話一般，那份驚奇實在難以言表。）

那時候，整個中國都有春天來臨的氣氛，但是，我們家仍生活在嚴寒之中。

不知多少個夜晚，我躲在被窩中，悄悄地望着母親披着毛衣，伏在桌上奮筆疾書的背影。母親在寫申訴書，寫給地方政府，給省裏，給中央，給各級公、檢、法機關。一個個夜晚，母親流着淚申訴冤屈，直到淚流盡了，臉上浮現的是剛毅的神色。

母親寄出去的信像石沉大海，總是沒有回覆。但她沒有放棄，一年、兩年，不停地寫。母親寫好信後，總是交給我去投寄。我最清楚母親寫的申訴書有多少。

八、

父親被判刑後不久，便被轉押往勞改農場。不知是有意的安排，還是巧合，父親被押送勞改農場那天，城關各機關、學校的員工師生都在城郊參加勞動，改造梯田。那時候，我已讀高中了，也在工地上。接近中午的時候，人們發現一隊犯人揹着被蓋捲和行囊，在荷槍武警的押送下遠遠走來，所有人都停下手上的活，駐足目視一隊犯人拖沓的步履。人們議論紛紛，忽然，有人認出我的父親，指着領頭的那個，說那不是XXX嗎？我也認出了父親。父親面無表情，眼睛直視前方，默然地往前走。這次他沒有垂下頭。他沒有看見我。一隊犯人漸漸遠去，在黃土路上揚起一路的煙塵，最後，一行人都消失在塵土之中。

後來，我和母親就沿着這條黃土路，步行十幾公里去勞改農場探望父親。去看父親一次很不容易，要經過請示，規矩很多。母親怕父親捱凍，早早替他織了一件厚厚的毛衣。另外，聽人說勞改農場的夥食很差，難得打一次牙祭，所以母親早早地醃了兩大塊臘肉。上路的那一天，我和母親揹着一大包衣物和食物，沿着父親走過的路走去。

勞改農場並非想像中荒涼，遠遠看去，像一個富足的農莊，沃野綿延，看不到盡頭。不過，一到了勞改營的範圍，景象就全然不同了。犯人在持槍人員的監視下勞作。在路上，我看見一個犯人拖着沉重的腳鐐，十分艱難地行走。後來，我才知道，那人曾逃跑，被捉回來後便遭此懲罰。

我們找到父親所在的中隊。高大的院牆，牆上有鐵絲網，四周還有崗哨，遠遠看去像一座堡壘。進入堡壘查詢身份後，哨兵將我們引進接待室。中隊的領導待我們頗友善，立即差人去叫我父親。不一會，父親來了，站在門前對開的一條黃線外叫「報告」。這條黃線是分隔犯人和幹部的楚河漢界。犯人不可越雷池半步。父親雖然就在眼前，但他同我們已屬於兩個世界。我一下子感受到人世間人為樊籠的可怕與無情。他不是我的父親嗎？可是，在沒有得到容許之前，他不能走向他的兒子與妻子。勞教人員對我們的友善，一下子變得不真實了。在接待室裏，父親和我們沒有平等的關係可言。

好在勞教人員容許我們到父親的監倉裏看看，我們隨父親進入一個集體囚室。父親指給我們看他睡的床位。那並不是床，而是用木板和圓木組合起來的一塊睡覺的平台。囚室是簡陋的，但我們卻可以和父親隨意地講話，再沒有剛才那種距離感。父親很興奮，講着營裏的種種事情，好像他不是在這裏服刑，而是在這裏渡假。他說，他不用到地裏幹勞力活。平時主要記記帳目，寫寫牆報，做一些文書的活。這些工作倒也挺適合他。

我想，他是故意在我們面前將坐牢說得很輕鬆。真正的苦難只有他自己才會知道。父親在獄中讀過《基督山恩仇記》，也推薦給我讀。他說，他將來也要寫一本這樣的大部頭。如果坐牢真是那麼輕鬆，何來《基督山恩仇記》呢？父親既然對基督山伯爵的經歷感同身受，當然也有一番靈魂的煎熬與掙扎。可惜，父親到如今都沒寫出這部恩仇記。我想，凡是早早聲明要寫一本什麼巨著的人，通常都沒有下文。

離開那座堡壘後，父親陪我們走了很長一段路。感覺得到，他心裏很高興，也捨不得我們離去。我們又何嘗捨得與他分手呢？

我們走了很遠很遠，回頭看，他還在那裏揮手。母親一轉身，又是一路的淚水。

九、

父親坐牢那陣，母親只有三十多歲。對於一個風華正茂的女人來說，形同守活寡，這種懲罰實在太重了。

母親出生於華僑家庭，頗會穿衣打扮，在這座邊城裏，也算是一個頗有幾分風韻的女人，所以，幾不免有人想打她的主意。

記得，父親剛坐牢不久，我的古文老師就經常到我們家，起初是借故說我的成績，後來就變成了聊天。看得出來，他對母親有另一層意思。母親似乎不喜歡這個人，每一次都讓他坐冷板凳，不怎麼理他，他也頗識趣，自動消失了。

母親身材豐滿，皮膚白皙。一個夏日，母親穿着內衣在床上午睡，許是睡得太熟的緣故，衣衫褪去了一角也不知。這時，同學小明來約我一起上學，他望着母親的胴體，目不轉睛，顯得很神奇。我又羞又惱，將他推出門，一道上學去。

母親是不可褻瀆的，怎能讓小明那雙色眼佔便宜？

有一天放學，心裏總有幾分不妥的感覺，愈近家門愈有幾分慌亂。門虛掩着，有男女說話的聲音。我推開門，發現母親和他的一個男同事親密地在一起。他們慌張地分開了，我羞憤地站在門前，那個男人奪路而去，母親一臉愧色。

我轉身離開家，跑得遠遠的。母親在後面呼喚，我不理她，一路狂奔，直奔城外。

我恨透了母親，也恨透了那個男人。我一路流淚，嘴裏不斷地說，我要告訴父親……

母親在我心目中的形象也破滅了。這件事成了我和母親之間的一個心結。我一直不能原諒母親的這個過失，所以，我和母親的關係一直很緊張。

很多年過去了，確切說是母親去世後，有一天，我突然幡然醒悟，我錯了。母親為什麼不能重新選擇呢？如果那個男人與她真心相愛而又值得她寄託終身，為何就不能毅然委身於他呢？我沒有權利阻止母親重新選擇。也許，我為母親帶來了終身的遺憾與痛苦。現在，我為自己的冒失而悔恨。

回想起來，母親也是一個追求真摯愛情的人。那時候，母親愛讀《古今小說》，對〈賣油郎獨佔花魁女〉、〈蔣興哥重會珍珠衫〉、〈杜十娘怒沉百寶箱〉的故事總是津津樂道，感慨至深，（我後來愛讀「三言二拍」也是深受母親影響。）不就是一種情感的流露嗎？

背叛名存實亡的婚姻並不是罪過，壓抑真摯的感情才是最大的不幸。

我也在想，為什麼男人風流往往成為值得炫耀的資本，女人另有所愛就會被釘死在羞恥柱上呢？

如果時光可以倒流，我會對母親說，媽媽，妳大膽去愛吧！

十、

整個高中時期，我最大的心願就是離開那個家，遠走高飛，成為一個自由自在的人。

高中畢業那年，我終於實現了離家的夢想，到一個鐵礦當工人。臨行的前夜，母親百般叮囑，又為我打點行李。那一年，我還不到十七歲，正是求學的年齡。母親似乎對我去當工人充滿歉意。她說，我本來應該再讀一年書，去考大學，但是，由於家庭的經濟環境不允許，不得不讓我去當工人。再說，到國營礦山做工，拿的是鐵飯碗，收入也不錯，強過到農村許多倍……母親一再的解釋。其實，她不知道我對這份工是多麼的嚮往，我真怕她改變了主意，將我留在家裏，我盼這一天，盼得太久太久。

第二天，母親含淚將我送上車，我滿懷興奮之情告別了母親，告別了我那破碎的家。那是一九七八年十二月，中國改革開放的前夜。那年十二月，中共召開十一屆三中全面，正式確立改革開放的路線，從此，中國走上經濟改革之路。

不久，母親帶着兩個弟弟隨着那一波走出國門的移民潮，離開那座邊城，移民香港這個繁華之地討生活。我們的家變得更加零碎了。直到八十年代中，父親和我才又陸續來到香港，一家人經過十多年的離散總算又團聚了。

就像一個修補起來的花瓶一樣，不管這個家外表看起來多麼完整，那一道道的裂痕總是清晰可見。這個家已不是一個完好無缺的家，相反，有太多的嫌隙乃至怨恨。母親始終忘不了那苦難的日子，也始終沒有原諒過父親的過失。母親曾對我說，她這一生的遭遇寫下來就是一部精彩的小說。（有一次，她向我講起父親的事，我記錄了一段下來。）

我們家的這段家史根本就是小說，不必虛構，只需要原原本本的記錄。在香港的生活經歷，已屬於另一類故事，所以，我不打算再寫下去。

十一、

還得交代幾句，我母親年前患癌去世。她離開我們那年才五十九歲，虛歲六十。從現代人的角度看，母親去得實在太早，她沒有福氣。

母親去世那天，我沒有流淚。流不出來。老實說，我倒是為她徹底擺脫了病魔的折磨而感寬慰。

一年多過去了，隨着時日的累積，埋在心底裏的哀慽竟一日濃過一日。逢年過節，或經過一些故地，總會不期然地想起母親的音容笑貌。曾幾何時，一切都是活生生的，卻突然陰陽相隔，變成了兩個世界的人。一天，與弟弟通電話，話題扯到母親身上，一句不經意的言語，竟令兩人靜默無語，各自默默地抹着淚水。又一日，與弟弟一起喝酒，言語間又一時感觸，淚如泉湧，狂飲，大醉一場，此心竟有一種難以言表的舒泰。

說起來，我與母親在一起生活的時間並不太多，可是，母親對我的影響卻是無人可以比擬的。

母親沒有為我們留下什麼錢財，卻為我們留下了人生最寶貴的財富——在苦難中成長、在逆境中求存、在險惡的世道中自強的能力。世界上還有什麼東西比這種頑強的生命力更有價值呢？

母親去了，但她的精神不死。

二〇〇一年六月十七日

邊城紀事(三章)

柵子口

柵子口是白鹽井最熱鬧的地方。

據說,在民國時代,土匪為患,每到入夜就關閉城門。這柵子口是當年的城門,設有兩道大閘。後來人口繁衍,硫瑤街不斷延伸,小城不斷向四周擴展,這柵子口也就變成了城中的一個十字路口,那兩道大閘因而不見了蹤影。

在我少年的時代,白鹽井許許多多的事情都在這裏發生——其實,說「上演」會更合適。這柵子口實在像個大舞台,家事、國事、奇事、怪事、好事、壞事都在這裏演出。

那年頭的我,最喜歡到柵子口湊熱鬧。這個邊塞小城的小小繁囂之地,倒也有些異域風光，足以增長見識。

每逢趕集的日子，這柵子口就特別熱鬧，四鄉八里的鄉下人揹着各種各樣的土特產到城裏交易，甚至連住在山區的彝人，也用馬馱來炭與柴薪山貨交換米鹽，不時也會看到揹着獵槍的彝族獵人，挑着野兔、鹿子之類的野物尋找買主。這些彝族漢子大都披着查爾瓦（一種黑呢披風），頭頂天菩薩（盤在頭頂上的頭髮，上有一角狀飾物，代表吉祥），長得黝黑強悍，看上去格外高大；而彝族婦女則像山鳳凰一樣花枝招展，身上掛着的銀飾熠熠生輝，五彩的百摺裙則隨着款款的步履而飄逸。在熙攘喧囂的人群中，不時傳來一陣騾馬的嘶叫聲，清脆的馬鈴又為這凡塵灑上幾許山野的音符。

白鹽井畢竟是方圓百里內的一個大埠，所以，也雲集了山裏山外的各種貨物，硫瑤街兩邊的雜貨店，貨品琳琅滿目，除了各式日用品及副食外，還有各種銀器及藏刀等少數民族用品。

正是這種夷漢雜居的邊城景觀，構成了白鹽井迥異於中原或江南漢人城鎮風貌的人文風光。所以，在柵子口時時會有一些來自外地的畫家，在那裏寫生或獵影。

柵子口的邊城風光，在外地人的眼中總是帶着幾分世外桃源的色彩，在我心目中，卻沒有那麼多的詩情畫意。因為，在我的少年時代，親眼目睹了許多自己沒法理解的事情，印象最深的莫過於文革時批鬥的場面。那時候，柵子口突然變得肅殺起來，街兩旁的燈柱、牆壁上，都貼滿了紅紙黑字的標語與大字報，那些用狂野之筆書寫的大字總是殺氣騰騰，而那些身穿綠軍裝、臂纏紅袖套的紅衛兵們，更是個個熱血沸騰，鬥志昂揚。一個個被五花大綁、頭頂高帽、胸掛黑牌的走資派被推出來，跪在長條凳上，交代「罪行」，以及傾聽群眾的控訴與批鬥……那樣的鬧劇幾乎天天都在上演，而有一天，被揪上台的竟是我的父親。我不知道他有什麼罪，就聽到一些似懂非懂的詞彙：裏通外國、特務、保皇黨……後來，父親被揮舞着拳頭的紅衛兵推倒在地。父親倒在地上動彈不得，卻沒有人敢上前去扶他一把。天漸漸暗下去了，批鬥會也散去，紅衛兵小將們都紛紛離去。待眾人遠去，一個高個子的紅衛兵又折了回來，他走到我父親的面前，扶起我的父親，並將他揹回家……那以後，這個紅衛兵成了我父親的一個生死之交。

柵子口不知見證了多少人間的鬧劇，但是不管發生什麼事，過一晚，它又恢復了原樣，好像不曾被干擾過，小販依然擺檔，途人依然來來往往。

然而，從那以後，我感覺中的柵子口已不再只是一個熱鬧好玩的地方，因為，我不知道這裏還會發生什麼不快的事情。事實上，不快的事情太多太多，夫妻當街吵架，朋友爭執反目，商販因爭位而大打出手……

在我的記憶中，還有一個永遠沒法忘記的人。她是一個非常漂亮的中學語文老師，有一天，她突然赤裸裸地出現在柵子口，神情呆滯，口中唸唸有詞地在街上遊蕩……她瘋了，而唯一的罪過就是她的美麗。她來自大城市，據說父親是資本家，正是由於這洗刷不清的「原罪」，被發配到這偏僻、閉塞的小城。本來，她有機會離開這個小地方，只要她答應嫁給那個土霸王：一個革委會主任的兒子。可是，她不，她拒絕了那土霸王的癡纏。從此，她所有的路都被堵死了……

我想，只要是在白鹽井生活過的人，對於柵子口都會有他自己的感受與記憶。

我沒有做過什麼轟轟烈烈的大事，但是，倒為自己的一件小事能在柵子口留下一點陳跡而感到滿足。

那是讀小學四、五年級的時候把，我拾到一個錢包，裏面裝了五塊錢。在那個時代，五塊錢人民幣對於一個小學生來說，已經是一筆可觀的財富，它足夠支付一個學期的學費，足夠買幾十本連環畫，足夠看幾十場電影。所以，當我捏着那五塊錢時，心跳得很厲害，我想過交給母親。那時候，我母親一個月的薪水只有十八元，有了這五塊錢，我們家一個月內起碼打幾十次牙祭。我也想過悄悄地留着這筆錢，買自己喜歡的連環畫。但是，我又為自己的私心而感到不安，乃至有一種罪惡感，於是我將錢包交給了派出所的公安。就為了這件事，派出所的所長用紅紙寫了一張巴掌大的表揚信，貼在柵子口的一根電桿上。

看着自己的名字出現在那張紅紙上，我竟然有一種說不出來的榮耀感，陶醉了好幾天，走起路來總像長着翅膀一樣，輕飄飄的。後來，我發現，注意到那張紅紙的人並不多。在那張紅紙的下面，有另一張，是那些有夜哭郎的人家貼的，上面寫着，

「天青地綠，小兒夜哭，請君念過，睡到日出。」人們既不在意這張紙，也不在意上面的那張紅紙。我頗感悵然，不過，漸漸的也就淡忘了。

柵子口經歷過多少風雨，見證過多少變故，那些芝麻綠豆的事算得了什麼呢？

後來，我常想，其實做人也該像柵子口一樣，有寵辱皆忘的胸襟，不管經歷什麼事情，都不動聲色，不改容顏。

無言的見證

童年的日子總是悠長的、凝滯的。我總是盼着長大，憧憬着成為一個大小夥子，飛出那個小鎮，

令人苦惱的是，我老是長不大，似乎一直停留在十二、三歲的年紀。

沒有玩伴，也沒有什麼娛樂。那時候還不懂得百無聊奈的感覺，所以，也沒有什麼感慨，相反，倒是樂意聽命兩條腿的指揮，漫無目的地瞎跑。

印象中，我是一有空閒就跑到柵子口的一間花圈店，看一個叫「胡雕章」的人雕

刻圖章。

在小鎮裏的人們眼中，雕刻圖章大概是最有藝術性的一種工作了，至少在我眼中是這樣的。我總是爬在他的櫃枱前，全神貫注地看他幹手上的活，心裏則有說不出的羨慕。

他雕刻圖章時，手下有一塊書本見方的木板用來固定圖章，那塊木板在他的手下調來轉去，像下面裝着一個軸一般，輕巧自如。他使用刻刀時，一頓一挫都恰到好處、準確無誤。所以，看着他雕刻圖章，就好像在看魔術表演，令人百看不厭。除了他的奇技之外，他手指上的老繭也令人暗自稱奇。說不清那厚厚的老繭意味着什麼，我的目光總是久久地停留在它的上面。

由於經常跑去守着他的櫃台，我們之間漸漸的也就有了一些言語。有一次，他還拿出幾塊擺放在櫃台裏的石頭給我看，介紹這些石頭的產地與特性。他知道我是福建人，所以特別挑了一塊透明而帶蘿蔔紋條帶的橘黃色石頭給我看，說「這是你們福建出產的壽山石，這可是上品的石料。」我接過來仔細觀賞，確實覺得它與其他的石料不同，像肥皂一樣。

原來石頭也有這麼多的學問。我突然產生了一種學雕章的衝動，幻想像他一樣成為小鎮裏最有技術的人。所以，回到家裏竟也找來一把水果刀、一塊肥皂，擺弄起來。不知道是沒有慧根，還是沒有耐心，試過幾下，刻不出一個像樣的字，也就扔在一邊了。

我雖沒有再動一下刀與肥皂，對胡雕章的敬佩卻依然不減，所以，時不時都會跑到他那裏去，而且一呆就是好半天。

我知道，他在雕刻各種公章、私章之餘，還搞一點創作。他曾將一些發表在《四川日報》等報刊上的篆刻作品拿出來給我看，我對他自然又增加了幾分敬佩與尊敬。在我眼裏，他是有真功夫的人，沒有花假。我就佩服這樣的人。

很多年過去了，我終於長大了，也要離開那座小城了。他竟然雕了一塊圖章送給我，哦，對了，就是這一塊。

我不知道他的功力到了哪一步，但是，這不要緊，在我心目中，這一塊圖章比任何大師級的作品都更珍貴。今天，我仍用它來印我的藏書，也用它印在我的贈書上。

這小小的一方圖章，似乎已成了一段歲月、一段友誼的無言見證。

什洋錦開放的季節

夏秋時節，白鹽井的山野恍若鋪上了色彩鮮豔的地毯，到處是青青的野草與五彩繽紛的野花。

在城東，有一塊未開墾的處女地，叫漫坡子，遍地長滿了赤、橙、黃、綠的什洋錦，遠遠看去像一片花海。面對這花海，我的心總是有一種難以名狀的欣喜，那是難以用一個簡單的美字形容的景色，以致於常常有一種衝動，想拿起畫筆來描繪這絢爛的景致。可惜我沒有一雙丹青妙手，留不住那一片風光，我唯一能做到的不過是放眼眺望，盡情飽覽，將那多姿多彩的景色幻化成種種的印象投影在心靈的底片上。

事實上，我並不是特別跑去觀花的閒雅之人。我之所以闖進那一片花海，實則是為園藝農場墾荒——挖蘋果窩賺取學雜費。那一年，十三歲的我帶着十一歲的弟弟，第一次來到那繁花似錦的山野，按農場管工劃定的標誌挖蘋果窩。每一個窩子的直徑與深度都是一米，報酬是一元人民幣一個。與我們並排挖掘的是一個農村來的大孩子，十六歲了還在讀初中二年級，與我同級，可是他挖起土來卻像一頭豹子，又快又狠。我和弟弟每天只能挖兩個蘋果窩，我揮十字鎬，弟弟則負責鏟泥。儘管我們都很落力地幹活，卻始終比不上那個農村來的孩子。他一個人一天可以掘四個窩子，而且掘得又圓又深，所以，沒幾天已將我們遠遠的拋在後面了。我和弟弟不僅體力比不上那個農村小子，而且挖的窩子也不及他的規矩。我們挖的窩子底部總是尖尖的，像個大碗，管工在驗收時總是說不合格，因為這樣的窩子會使果樹的根鬚伸展受限，不利於吸收養分。好在管工不甚刁難，對那些碗狀的窩子也照樣驗收，我們也得以照樣幹下去。

對於我和瘦小的弟弟來說，一天挖兩個蘋果窩絕非易事，每天的勞作都是超乎體力的，但是，我們從來沒有叫過一聲苦或累。每天一早，我們就要揹上工具，以及母親為我們準備的午餐上路，走上四里外的山野。一路上，我們總是有很多很多的話題，見到什麼就聊什麼，而且，一當我們走上那片山野，總是蹦蹦跳跳，在花海裏追逐，全不在乎褲管與鞋都被露水給弄濕了。置身於紅的、紫的、白的……姹紫嫣紅的什洋錦花中，心似乎也染上了色彩，充滿了歡悅和希冀。至少，這花的海洋讓我們忘記了家庭變故的不幸與貧窮的悲哀。早晨的山野，空氣散發出陣陣的清香，令人如同沐浴在純氧之中，身心潔淨得可以同藍天相映。

什洋錦的芬芳，令人的精神為之振奮。我和弟弟就是帶着這一份歡快的心情開始每天的勞作。累了，我們就躺在花叢中，望着藍天與白雲，訴說我們的幻想；渴了，我們就走到山泉邊，掬一棒清泉咕嚕嚕喝下肚；餓了，就捧着同一個軍用飯盒，舀着那壓得結結實實的冷飯，你一口我一口地吃起來，而且總是美滋滋的……太陽西斜的時候，我們才又迎着晚霞的光輝，踏着歡快的步子回家去。

我一直想知道什洋錦的生命力為什麼比其他的花更旺盛。聽大人說，白鹽井這個地方本來沒有什洋錦，這種花是由一個外國傳教士從歐洲帶進來的，而且時間不長。知道了什洋錦的歷史後，我對那個將這種花帶到白鹽井來的傳教士，油然產生了莫名的崇敬。

後來，我再經過城東的一座尖頂建築時，總會停下腳步凝視一番。這就是那個洋教士留下來的小教堂，如今已經破舊不堪，成了城關醫院的食堂。有一天，我特別走進教堂，希冀找到那個已經逝去的年代所留下的任何痕跡。沒有聖像，也沒有十字架，那些東西都在文革的時候，被搜去燒了，砸了。一座古老而殘破的房舍，倒像是農家的倉庫，全無特色，實在令人難以想像它曾是一個神聖之所。令人意外的是，我發現了一扇鑲有彩色玻璃的窗子。儘管那些彩色玻璃早已佈滿了煙垢，但經過陽光的照射仍不難想像它斑斕的本色。是那個時代的見證嗎？我好像又看到了那個洋教士的身影。一個西方人遠渡重洋，由印度到尼泊爾再進入西藏高原，然後翻越崇山峻嶺，到達這邊塞小城，期間該經歷了多少艱辛，又要有多麼堅忍的意志，才能克服那重重的險阻？在沒有舟楫之利的年代，進出白鹽井真可謂難於上青天。這裏就是三國時期，諸葛亮五月渡瀘、深入不毛、七擒孟獲的南蠻之地，而那個洋教士竟能夠在這裏紮下根來，傳播基督教義，教化人民，其堅韌不拔的毅力，又是何等的令人崇敬？

洋教士為這座邊城帶來了西方的宗教，也帶來了歐洲的花朵。他所傳播的思想早已被歷史的大潮滌盪殆盡，而他所帶來的花，卻茂盛地繁殖着、開放着，開得漫山遍野。我想，莫非那些花都是為了那個洋教士而開放？

二十多年過去了，一回憶起白鹽井，總會不由自主地想起什洋錦以及那個洋教士。

有一天，與弟弟敘舊，憶起當年一起挖蘋果窩的日子，我問，還記得那漫山遍野的什洋錦嗎？

他說，當然記得。

我不解地問：為什麼什洋錦總是開得那麼茂盛呢？

弟弟說，其實什洋錦很賤，非常容易生長。

他的這句話一下子解開了我心中的一個結，是呀，什洋錦旺盛的生命正在於她的「賤」，沒有高貴的出生，也不需要特別的養護，流落到哪裏，就在哪裏紮根開花，這不就是那洋教士的生命寫照嗎？同樣，她也代表了許許多多的「賤命」。

我們的白鹽井——七十年代的邊城

白鹽井的太陽落得很早，場也散得早。約莫下午四、五點的光景，兩條最熱鬧的大街便已行人稀疏了。若是再有一場狂風掃過，更會讓第一次踏足此地的旅人，誤以為這是一個被遺棄的古城。

白鹽井就是這般冷清。

不過，對於我們來說，白鹽井並非全無人間氣息的寂寥之地。如果你在這裏住上三年五載，也會發現，這並不繁華的小城竟也有那麼多人間故事。有時，甚至有好多糾纏不清、錯綜複雜，讓人煩不勝煩的人間瑣事。這時候，你可能就會感慨，原來這衰敗不堪的小城，竟包藏着一個複雜的社會。然而，如果你再在白鹽井多住上幾年，如十年八年，又會覺得這裏的生活實在沉悶，因為白鹽井對你已經沒有什麼秘密了。

老實說，我們對白鹽井已不再有什麼特別感覺，也不再存任何希冀。我們已放棄思想，我們只知道自己生活在這個地方。事情就這麼簡單。

生活，這個詞用得似乎不太恰當，白鹽井的人過的日子，承受不起這麼認真的用詞。這裏的人活着就是過日子，早上起床各做各的事，晚上睡覺各打各的呼嚕，就這麼簡單。

就從眼下這冬天時節說起吧。白鹽井人都起得很晚，通常要到太陽一竹竿高的時候，大家才像懶貓一樣從被窩裏爬出來。起床後，煮飯之類的家務照例是女人的事，男人們只管袖着手在屋椽下曬太陽，曬得天經地義。

曬過那一陣昏昏太陽，白鹽井總算暖活過來，也開始有一點晨早的氣息。沒一會，一家一戶的飯菜都端了出來，一家人圍着一張殘舊的木櫈，上面放上一兩碟乾酸菜，各人端着一碗老乾飯，就着幾句懶懶的對答，也就完成了一頓早餐。

早飯後，大家依然坐在牆根下曬太陽。三個一群，五個一堆，天南地北聊一通。大家都聊什麼？沒一定，有啥聊啥。比如蘇三老婆跟刀兒匠搞上了，胡雕章一天至少有五塊錢收入，美國家家有車……如此等等，沒啥新鮮的。你或許會問，白鹽井人不用工作嗎。當然工作，沒工作，吃啥？吃社會主義呀，愈有本事的人，曬太陽的時間愈多。當官的，誰個不比我們曬得厲害。

白鹽井好歹是這方圓百十里內最大的市鎮，自然少不了熱鬧的時候。雙柵子、硫璃街，就是它的鬧市。早飯過後，四鄉八里的鄉下人，開始大筐小筐地揹着他們的農作物進城來。他們沿着琉璃街的兩旁擺成陣，一個頗為熱鬧的菜市也就出現了。不一會，街兩旁的商店也紛紛除去門板。這白鹽井的街市，當然不能跟大城市的比，它商店裏賣的東西，大都是日常生活必需品，絕無昂貴的奢侈品。大地方來的人，是不會光顧這些店鋪的，倒是鄉下人的攤檔往往最吸引他們。鄉下人的攤檔一擺開，就有不少城裏人圍着，山裏的珍品、鄉下的特產，都是他們喜歡的東西。鄉下人老實，經不起城裏人壓價，一筐山貨一攬子就頂了給人。他們賣完貨就進商店置辦日用品，待轉悠一圈，再進理髮店剃個亮光光的頭出來，城裏人的攤檔正在擺賣他們的山貨，價錢卻高出很多很多。鄉下人總是算計不過城裏人，所以，他們總說白鹽井人奸詐。

這就是白鹽井。

待日頭慢悠悠晃過去西邊時，白鹽井的場也該散了。午後四點來鐘的光景，店鋪已紛紛收拾門面，打烊了。待一陣風沙呼嘯而來，琉璃街和雙柵子便又沉寂下來，杳無人跡。白鹽井人都龜縮在自家屋裏，圍在火塘邊，過着日復一日千篇一律的日子。今天跟昨天一樣，明天跟今天也不會有區別。時光在這個地方凝住了，人的思想似乎也生銹了。當然，境況好一點的人家，興許有個半導體收音機，不過那喇叭像塞滿了沙子，吱吱喳渣聽得人心煩。邊城離京城太遠了，電波訊號又太弱了。家底子薄的人家，窮得透風，唯有圍着個半明半暗的火塘打盹，嘴裏偶爾漏出幾句呢喃的話語。還有些人家，為了省燈油，晚飯過後就早早地將兒女攆上床，然後自己也赤條條鑽進溫柔鄉。

年青人不甘寂寞，總想在外面泡一陣。但是，除了電影院，白鹽井實在再無別的去處。這座寥落的邊城，好在有個電影院，可以打發掉寂寞的時光。一到入夜，年青人便集中到電影院門前的小廣場，揮霍他們過剩的荷爾蒙。電影院門前有許多高大的桉樹，樹下人影幢幢，樹上停滿暮歸的麻雀。人語喁喁，鳥聲喳喳，倒也給人一點嘈雜的情調，連無意於看電影的人，也樂意在此消受一番，直到電影開場才陸續離開。

電影院門前有幾個瓜子檔，都是一些上了年歲的老太婆在那裏擺賣。五分錢一小撮葵花籽。年青人大方，往往會買上二三兩，邊嗑邊聊。有段時間，在電影院旁邊曾出現一爿茶館，二毛錢可以坐一天，到入夜生意更好到爆。後來茶館沒有了，據說是有人滋事，讓派出所頭痛；也有人說生意太火，成了工商所的眼中釘；還有人說政策又變了，不給做了……不理什麼原因，任何一個理由都足以令這小小的茶館自動消失。

當然，電影院門前並不會因此而冷清。不管什麼時候，這裏照例都是年青人的空間。他們集中在這裏，意不在電影。事實上，電影院難得有一部新片，上演的片子都是他們看過若干遍的。他們聚在這裏除了尋開心，還在於物色對象。說來，這個交際場也不知促成了多少姻緣。如果說琉璃街是娘們的天下，那麼電影院門前就是年青人的樂園。

電影散場後，年青人也如投宿的夜鳥各自歸巢，白鹽井也歸於寂靜，連鬼影都沒有一個。街上幾盞昏黃的街燈，像明滅不定的鬼火，給這小城的暗夜披上一層斷腸人的慘淡色調。偶爾，一個夜遊魂拖着沉重的步子，從街燈下走過，留下一串腳步聲，像人生的省略號，更讓人覺得那是長夜裏一聲長長的歎息。

但是，別以為白鹽井真的沉睡了。夜過三更，你就可以聽到一聲細微的門聲，無論開門人如何的小心，那「吱吱」聲已把暗夜裏的秘密放大，洩露出來，在夜空中散布傳揚。今晚上，那個賣豆花的娘們，不知道又睡上了哪個男人的床；而白鹽井的斷橋下，不知道又是哪一對男女在橋洞裏纏綿……明天，不知道又有多少故事在男人女人中口耳相傳。

夜深了，白鹽井卻沒有真正睡熟。人們如何睡得安寧？日復一日的窮日子，誰也不知道何時才能捱到頭。白日裏大家都渾渾噩噩地過日子，似乎不存任何的念想，唯有在這沉寂的暗夜才會睜開雙眼，發出比暗夜更深的嘆息，他們怎安心就這樣把日子打發過去？

白鹽井的夜那麼深沉，是因為還有夢。明天，說不定真有什麼事發生，徹底打破寂寥的日子沉悶的生活。

不，不可以期望，明天一樣讓人失望，不可期盼。

睡吧，什麼都不要想，什麼都不要指望。一覺醒來，又是新的一天，還是跟昨天不會有區別的日子。

這就是白鹽井，破敗的白鹽井。

斷橋

我的童年很寂寞，很孤獨，沒有什麼小夥伴，也沒有一個快樂的童話般的天地。記憶中，我不是坐在屋椽下給年幼的小弟講故事，就是拿一根比我的個頭還高的拖把拖地板，或是站在灶台邊洗碗。童年對我來說，彷佛罩着一個無形的籠子，天地間似乎有一隻憂鬱的眼睛在看着我，空氣中則似乎總有個悲天憫人的歎息在震盪。說出來，你可能不相信，小小年紀的我，就曾經想過自殺來結束這乏味的人生。當然，我畢竟是個從小就勤於思而怠於行的人，沒有糊裏糊塗送掉這條小命，相反倒稀裏糊塗地多活了這許多年。實在可笑。

其實，我的童年並非真的慘到非死不可的地步，我還是有去處的。我最喜歡去的就是白鹽井河的斷橋了。那是個被時代拋棄了的廢墟，加上不具殘缺美的景觀，平時極少人踏足。頂多在星期天，有三兩個婦人在斷橋下殘留的石級上濯衣杵衫。同數百步之外的那座混凝土結構的大橋相比，這邊實在寥落得可以。別說那橋上人來車往的繁盛了，就連鎮上的娘們也都願多走上一段路，去到那橋下洗衫，湊個熱鬧。

最初，我也不願來到這個斷橋下，委實是順母親的意才極不情願地安守這一隅。那時候，我家像瘟神一樣，人人都怕與我家的人接觸，見了面都會避得遠遠的，而我們從人前走過，也都極力把頭埋得低低的。可想，母親和那些沉默的娘們總愛到這斷橋下洗衫，是有原因的。

漸漸的，家裏的衣物都由我一人揹到這斷橋下洗，且消磨大半天光景。有時，甚至到了暮晚，才收起晾曬在斷橋上的衣物，沐着晚風回家去。

在這斷橋下，人是異常孤單的，不過卻可以任憑思想自由馳騁。在那難耐的寂寞中又可享受到幾許遐思的快意，相信那一份寂寞的情思是快樂人體會不到的。久而久之，我有事無事都愛來到這斷橋下消受一番獨處的妙趣。我可以在舊橋墩下飽睡一頓，可以仰天沉思，可以站在石級上看潺潺流水，消磨那像流水般匆匆逝去的時光……我癡癡地觀察着種種場面，毫無感覺，也毫無感觸。

也就是在那時，我才有了那份閒心，將斷橋觀賞過夠。這斷橋原是石砌的，從眼前的殘狀可想像它的全貌。試想當年它昂然地橫跨兩岸，定也是氣度不凡。如今，風光不再了，橋洞內壁和基座上都長滿了墨綠色苔蘚，橋四周的河岸上長滿了叢生的野草，斷橋上的護欄以及橋面也都頹圮不堪。遠遠看去，斷橋真如風燭殘年的老人那佝僂的身姿，令人吁噓。

冷暖炎涼，看來萬事萬物皆如此。

不過，別以為這斷橋可堪可憐。它傲然得可以，總是以緘默的剪影顯示着自己的存在，呈露出一種令人肅然起敬的長者風範。尤其在暮晚的時候，晚照勾勒出它癯然的身影，更使我相信它那佝僂身軀下，蘊含的定是不屈不撓、忍辱負重的風骨，它不會因為流落荒野而自甘沉淪，倒顯出隱逸的灑脫與曠達，並展露出睥睨滄桑的虛懷。

秋冬時節，萬物凋零，斷橋在一遍蕭條的河岸上，尤顯得孤獨無依。一陣狂烈的秋風將大地都搜刮一遍後，貧瘠的土地更加破碎了，斷橋就以它嶙峋之軀獨立於這蒼涼的天地，真是一派淒涼的晚景。然而那景致卻深深地打動了我。我欣賞那殘頹的風光，更感動於它遺世獨立的風儀。在我眼裏，它恍若飽經滄桑的老人，我甚至聽到它在叨絮着過往的經歷。它似乎在說，這裏也曾車水馬龍，人喊馬嘶，入夜時，還有不少年青的情侶來到它的橋洞下幽會吶。自從它站立在這塊土地上，它就是這一方土地的見證，如果它能說話的話，定能講出許許多多被人遺忘了的故事。

聽人說，這石橋是辛亥革命時期修的，經事可多吶，可以說什麼樣的風風雨雨都經受過了。大概是在我尚在襁褓裏的時候，一場特大的山洪湧進白鹽井河，洪水直漫過河岸，威脅着鎮上近萬居民的生命。人們為了保住家園炸毀了這座與他們朝夕相處了半輩子的石橋。從此，它就落得這殘廢的田地。後來，人們在河下遊重新修築了那座新穎的水泥大橋，它也就從此被遺棄在這一隅了，且日漸一日地頹敗下去。斷橋默默承受着這個世界施之於它頭上的所有的不公與不幸。

許是斷橋的緘默感染了我，我漸漸的也習慣了沉默與沉思，對春夏秋冬的冷暖炎涼，對名利人間的種種世態，也一概的淡漠起來；久而久之，就連什麼不幸，什麼委屈也都失去了感覺，倒是暗暗好笑起那些可笑的人可笑的事。那年頭，是斷橋給我提供了一個異乎尋常的寧靜，又異乎尋常安逸的去處，且讓我享受漱石枕流的樂趣。真要感謝它給我無形的庇佑，也帶給我無盡的安寧。

這許多年，闖蕩的地方不少，見過的名勝古蹟也很多很多，卻沒有多少名山勝景在腦海中留下什麼印象，唯那斷橋是無論如何也忘不了，且不時會浮現眼前……那實在不只是一個殘頹的景致，它蘊含着一種不朽的精神；再說，在那斷橋下，還有我兒時的影子。

本創文學 116

東岸有約

作　　者：蔡益懷
責任編輯：黎漢傑
設計排版：D. L.
法律顧問：陳煦堂　律師

出　　版：初文出版社有限公司
電郵：manuscriptpublish@gmail.com

印　　刷：陽光印刷製本廠

發　　行：香港聯合書刊物流有限公司
香港新界荃灣德士古道220-248號
荃灣工業中心16樓
電話：(852) 2150-2100　傳真：(852) 2407-3062

海外總經銷：貿騰發賣股份有限公司
電話：886-2-82275988　傳真：886-2-82275989
網址：www.namode.com

版　　次：2025年4月初版
國際書號：978-988-71097-9-2
定　　價：港幣118元　新臺幣440元

Published and printed in Hong Kong

香港印刷及出版

香港藝術發展局
Hong Kong Arts Development Council 資助
香港藝術發展局支持藝術表達自由，
本計劃內容並不反映本局意見。